八男？別鬧了！
18
Y・A
Kadokawa Fantastic Novels

艾爾文
13354
13355
13356
……
艾莉絲
「喝啊——！」
「要上嘍！」
「今天一定要成功！」
艾爾文、伊娜和露易絲分別以劍、長槍和拳頭攻擊盒子。
阿姆斯壯
露易絲

泰蕾絲
薇爾瑪
莉莎
「今天也很硬呢。」
「薇爾瑪小姐，這個盒子本來就不會因為日子不同就變軟。」
「我想也是。如果真的有哪天會變軟，還真希望能有人告訴我呢。」
薇爾瑪用巨斧，卡特琳娜用集中火力的「風刃」，
卡琪雅用雙劍擴大盒子的缺口，
但還是無法傷及內部。
卡特琳娜
伊娜
卡琪雅

我們一起度過了一段悠閒的時光。
這一定就是所謂的幸福吧。
亞美莉
威德林

18

八男？別鬧了！

Y.A

Kadokawa Fantastic Novels

彩頁、內文插圖／藤ちょこ

CONTENTS

八男？別鬧了！⑱

第一話　選拔家庭教師與賢者

「羅德里希，這些是什麼？量看起來還滿多的……」

書房桌上放了許多文件。

我是已經有小孩的伯爵。

所以只要是和統治領地有關的文件，就算分量有點多我也不會抱怨。

畢竟是為了孩子。

然而桌上那些文件全都是姓名、經歷、專長、個人長處等從未見過……不，應該說是似曾相識的內容。

這些像履歷或職務經歷書的文件，讓我回想起大學畢業前的求職活動……

那段日子真的很辛苦……我實在不想再經歷一次。

即使順利就職，之後還是得……不，這我也不想再回憶起來。

「您還問這是什麼……這些都是應徵腓特烈大人他們家庭教師的文件啊。」

「家庭教師？」

腓特烈他們還未滿一歲，而且最近脖子好不容易才剛長硬。

現在替他們挑家庭教師還太早了吧？

「雖然對腓特烈大人他們來說還太早了，但對這些人來說一點都不早。這算是一般常態。」

「是這樣嗎……」

明明腓特烈他們至少還要再過三年左右才會開始懂事……

居然現在就要決定家庭教師……

「這是當然，腓特烈大人是鮑麥斯特伯爵家的繼承人，而其他孩子之後也背負著支持鮑麥斯特伯爵家，將透過與其他貴族家聯姻來鞏固彼此關係的責任，必須接受優秀家庭教師的教育。因此，現在就必須開始進行選拔！」

羅德里希堅定地如此斷言。

的確，如果腓特烈缺乏擔任下任當家的能力，鮑麥斯特伯爵家或許會家道中落。

如果其他孩子在嫁出去後評價很差，也會對鮑麥斯特伯爵家帶來負面影響。

從這個角度來看，早點選出家庭教師可說是個正確的決定。

「原來如此。」

腓特烈從一出生就很辛苦呢。

我前世根本沒請過什麼家庭教師。

頂多只上過補習班。

那鮑麥斯特騎士爵家呢？

家庭教師對當時的我來說，應該只是傳聞中的存在吧？

那個家是採取究極的放任主義。

「原本應該是要由鄙人負責這個職務……」

「還是算了吧。」

羅德里希是鮑麥斯特伯爵家的家宰，每天都十分忙碌。

如果再兼任腓特烈的家庭教師，他真的會過勞死。

我又不是黑心當家。

正因為前世當過公司的奴隸，現在當上伯爵成為經營者後，才必須摒除黑心制度，建構正常的勞動環境。

「請放心，鄙人明白自己目前難以勝任腓特烈大人他們家庭教師的工作。送這些文件過來的人也都很拚命，不能剝奪這些人的機會。」

「是這樣嗎？」

家庭教師不就是在規定的時間來家裡，教完必要的課業後就能下班……類似打工人員的存在嗎？

這就是我前世對家庭教師的印象。學生時期也有同學接這樣的打工。

雖然我念的大學在家教市場不怎麼受歡迎。

「這和教導下級貴族或商人家的小孩不一樣！家庭教師會住在官邸內，負責教育腓特烈大人他們直到成年為止。雖然禮儀、騎馬、劍術和樂器等科目會另外找專業的講師，但挑選、聯絡和私下統率這些人也是家庭教師的工作。」

原來如此，看來家庭教師的工作就類似級任導師。

還要負責挑選專業科目的講師啊。

再加上管理那些人的工作，責任可說是非常重大。

「腓特烈他們也很辛苦呢。」

幸好我是後來才成為伯爵。

我的禮儀微妙，劍術不行，騎馬勉強過關。

至於樂器，頂多只會三角鐵和響板吧。

大貴族的長子似乎在各方面都很忙碌。

「而且不管是家庭教師或專業科目的講師，都不能錄取來路不明的人物。」

這麼說來，這些像履歷表的文件確實都有附推薦函。

「……大家的推薦人都是男爵以上的貴族呢……」

「如果沒有推薦函，連應徵都無法參加。」

可疑人士在應徵的階段就會被全數淘汰……從這些應徵者的經歷來看，不是大貴族的遠親，就是其重臣的子弟……貴族社會真的都在靠關係呢……

「大家都是研究院出身啊……」

研究院是王國的高等教育機構，相當於現代地球的大學或研究所。
果然至少要從那裡畢業，才有辦法參加應徵。
就像應徵條件包含「須大學畢業」一樣。
「話說回來，這應徵人數未免也太多了吧？」
來應徵的人數是錄取名額的幾百倍，感覺就像就職冰河期的公務人員考試。
「大家當然都會很拚命。畢竟能夠成為鮑麥斯特伯爵家未來當家的『恩師』。」
按照羅德里希的說法，當貴族長子的恩師能獲得許多好處。
「雖說是君臣關係，但畢竟是長年教育君主的人，所以擁有超出地位的影響力。」
「即使是當家，也無法忽視老師提出的建議呢……」
而且之後也可能直接轉職成重臣。
在歷史故事裡，也常有負責教育君主的人被尊稱為「老師」的場景。
「不過，如果每一代當家的恩師都變成重臣，重臣的名額就不夠了吧。」
「關於這點，歷史悠久的貴族家早已研擬出對策。」
將優秀的當家族人或家臣子弟送進研究院，讓他們接受能夠擔任家庭教師的教育。
或是事先準備好等家庭教師的任期結束後……就能立刻上任的養老職位。
「陛下的恩師就是研究院的現任院長。因為他曾負責教育陛下，所以經歷和知名度都高人一等。」
至於鮑麥斯特伯爵家的狀況，則是家臣的名額還有空缺，所以只要先擔任腓特烈大人他們的恩師再轉為家臣，就能確保家族的繁榮。就算無法轉為家臣，以主公大人的名氣，只要當過您繼承人的家庭教師，之後也能輕易找到好工作。」

「原來如此……」

所以才會有這麼多人來應徵啊……

「那我們要怎麼選拔？」

應徵文件實在太多了。

如果每個人都要安排面試，時間根本就不夠。

「首先是書面審查。除了推薦函以外，鄙人還要求應徵者必須提交預定如何教育腓特烈大人他們的計畫表。」

「原來如此。」

還需要這種東西啊。就算是為了教育腓特烈他們，我也不希望課表排得太滿，讓他們變成書呆子。

因為我自己以前也只有在考試前和應徵工作前用功念書──應該說是臨時抱佛腳。

小孩子也需要遊樂時間。

希望家庭教師的想法靈活一點，讓他們能夠適度放鬆。

「先透過書面審查刪掉一些人啊。真是個好主意……等等？」

誰要負責麻煩的書面審查？

啊，難道是我！

「是由我審查嗎？」

「不然要交給誰？這次要選的家庭教師，可是負責教育緋特烈大人他們這些背負鮑麥斯特伯爵領地未來的人！」

「說得也是……」

「當然，鄙人也會進行選拔。因為家臣們的子弟也要一起接受教育。」

也就是所謂的學伴吧。

「艾爾也一樣嗎？」

「這是當然。」

畢竟艾爾的兒子雷昂也要一起接受教育。

既然如此，就讓他來幫忙進行書面審查吧。

絕對不是因為我覺得這件事很麻煩，才想拉他一起下水。

艾爾應該也希望自己的兒子雷昂，能成為背負鮑麥斯特伯爵家下個世代的家臣。

為此，身為父親的艾爾幫忙進行書面審查也很正常。

「我會把艾爾也找來。」

「這樣做比較妥當。」

羅德里希接受我的意見，讓艾爾一起參加決定家庭教師的書面審查。

＊　＊　＊

「嗚嗚……即使閉上眼睛，腦中還是會浮現出文字……」

「艾爾，辛苦了。」

「威爾，是你把我拉下水的吧？」

「不不不，我才沒那麼想。只是作為一個父親，你也要讓雷昂接受良好的教育吧。」

「真不愧是主公大人。」

「（遙實在太容易相信威爾說的話了……）」

真失禮！

這明明是我的真心話……雖然我不否認自己還有別的意圖。

用來選出腓特烈等人的家庭教師的書面審查總算結束了。

雖然用艾爾的兒子雷昂也必須接受教育這個正當理由，將艾爾也一起拉下水了，但他平常很少看文件，所以即使書面審查已經結束，他還是只要一閉上眼睛就會看見履歷表、推薦函和學習計畫表的文字。

其實我也一樣。

「話說回來，真的好多人來應徵啊。」

「寫推薦函的貴族也幾乎都是大人物。」

因為關係到自己女兒的教育，露易絲和伊娜也積極地加入話題。

即使必須先獲得男爵以上的貴族推薦，還是有許多人來應徵。

而且因為找我不熟的貴族推薦也沒用，所以大部分的推薦人都是我認識的大貴族。

霍恩海姆樞機主教、艾德格軍務卿、盧克納財務卿和阿姆斯壯伯爵（導師的哥哥）等等……

而且每個人都寫了不只一封推薦函。

「我以為推薦函只能寫一封？雖然這樣能同時討好很多人，但事後不會被認為太沒節操嗎？」

尤其是霍恩海姆樞機主教寫了特別多推薦函。

許多神官都會進研究院就讀，就跟日本以前有許多和尚都是知識分子一樣。

他大概是認為只要讓神官當上腓特烈他們的家庭教師，將來會比較容易在鮑麥斯特伯爵領地蓋教會吧……

「推薦函只是用來證明有應徵的資格和意思。畢竟有許多人就算拜託爺爺，也還是拿不到推薦函。」

艾莉絲告訴我必須附推薦函的原因。

所以地位愈高的貴族，就必須寫愈多推薦函。

大貴族的人際關係非常麻煩。

「這表示原本其實有更多人想來應徵嗎？」

「是的。隨便應該都有現在的十倍以上……」

腓特烈他們的家庭教師明明只有一個名額，卻有幾千個人想應徵啊……

而其中能夠參加書面審查的幾百人，原本就是從十倍的人數中脫穎而出的精銳。

這讓我只能苦笑。

「地位愈高的貴族，愈容易被拜託各種事情……重點在於透過這些委託建立人脈。畢竟不曉得自己寫的推薦函，未來會在哪一天派上用場。」

到了這個地步，就算推薦的人錄取也只會覺得是運氣好。

這樣就能用幫忙寫過推薦函當理由，要求對方償還人情。

「總覺得胃開始痛起來了……」

明明什麼東西都沒吃！

「那麼，要讓哪些人進入接下來的面試階段……」

「由於應徵人數實在太多，因此會以主公大人的意見為主，並參考鄙人和其他家臣的意見。可以晚一點再決定沒關係。」

「我知道了。」

羅德里希的其中一個妻子是盧克納財務卿的孫女，其他家臣也大多是大貴族的遠親。

因為有許多人會在背後干涉，如果太快決定人選或許會造成一些不方便。

鮑麥斯特伯爵家的家臣們也和我一樣受到愈來愈多的限制，真是辛苦。

限縮人數的事情，應該可以放心交給羅德里希他們處理。

「具體來說，書面審查預定要花多久的時間才會結束？」

「大約要半年左右……因為還需要整合各方面的意見……」

聽完這段說明後，我再次體認到鮑麥斯特伯爵家的規模真的變得十分龐大。

牽扯的人數一多，就會很難調整厲害關係。

雖然腓特烈他們現在還是小嬰兒，所以不需要太焦急。

「除此之外，還有一個問題……」

「問題？」

「是關於這些應徵文件……」

「沒有附推薦函呢。」

有幾份文件明明沒有推薦函，卻還是擅自寄來應徵。

應該只要直接剔除掉就好，為什麼羅德里希要拿給我看呢？

「這些都是隸屬於『賢者協會』的人……」

「賢者協會？」

「就是由賢者們組成的團體。」

「賢者……是什麼啊？」

我忍住沒喊出『原來這個世界有賢者啊』，詢問羅德里希何謂賢者。

我來到這個世界也有一段時間了，但還是第一次聽說賢者。

我對賢者的印象就跟某角色扮演遊戲的設定一樣，是能同時使用魔法師和僧侶魔法的萬能職業。

因為我也會用水系的治癒魔法，所以其實我也算賢者？

雖然我沒賢者那麼聰明。

「賢者應該是很厲害的人吧？」

「該怎麼說才好……主公大人不知道他們也很正常。至於算不算厲害，就見仁見智了。」

因為我太年輕，所以才不知道賢者？

但我在王都時也會出入魔導公會，應該至少會聽見一些傳聞。

「卡特琳娜大人和莉莎大人可能比較清楚。鄙人並非魔法師，所以只聽過傳聞，無法判斷那是否符合事實……」

「我知道了。找她們過來問問看吧。」

我請正在照顧小孩的卡特琳娜和莉莎過來。

「賢者啊……我姑且知道那些人的存在，但莉莎小姐應該比我清楚吧。我只聽說過有一群人自稱是賢者……」

說得也是。

畢竟卡特琳娜和我只差一歲。

就算不清楚賢者的事情也很正常。

「莉莎？」

「這件事說明起來有點困難。雖然魔力連初級的程度都不到，但他們『姑且』算是一種魔法師……此外他們所有人不是家世顯赫，就是相當富有。」

「家世和財務狀況和賢者應該沒什麼關係吧？」

「他們的財力足以建立協會，所以才能自稱為賢者。」

「可以再說得清楚一點嗎？」

「如果要再說明得更詳細，就會變得有點難聽……」

在我的追問下，莉莎面有難色地繼續說明。

簡單來講，就是在貴族和富商的家族中，有一群稍微有點魔力的人擅自對外自稱為賢者。

「無論是貴族或商人，都樂見家裡有具備魔力的小孩誕生。不過若只能生火、變出一杯水、颳起微風或是射出小石子……這種初級以下的程度，只會反過來讓人失望而已。」

別說是魔導公會了，如果沒有製作魔法道具的才能，就連魔法道具公會都不會理睬他們。

「這種人不是通常會靠老家的人脈，成為公會的職員嗎？」

「能夠接受這種待遇的人根本就不會對外自稱賢者。而且他們都看不起魔導公會或魔法道具公會的職員。」

看來是有些魔力水準不上不下，只有自尊心特別高的人不願意接受現實，因為覺得「身為魔法師的自己不能屈就職員的工作」而自封為賢能的「賢者」，並建立協會作為自己的容身之處。

「那和貴族的聚會有什麼不同？」

聽完莉莎的說明後，我只覺得是一群魔力未達初級的貴族和富商子弟聚在一起混日子而已。

「……他們原本就是擅自對外自稱為賢者，所以也沒什麼知名度。大部分的魔法師都不知道他們的存在。」

因為他們是一群空有家世而缺乏魔法實力，只因為有好好受到教育就不害臊地自認為聰明「賢者」的傢伙，所以我想大部分的人都會刻意迴避他們吧。

「那些賢者為什麼要來應徵家庭教師？」

「應該是因為太閒了。」

「太閒了？」

「嗯，他們基本上是群遊手好閒的人……」

明明就算無法施展像樣的魔法，貴族子弟還是能夠協助統治領地，商人子弟也能幫忙家業，或是推動文化發展……

或許就是因為擁有不入流的魔力，才害他們的性格變得扭曲吧。

「我也有聽過傳聞，據說他們會每天聚集在一起討論『何謂魔法的真理？』，或是身為賢者的自己要如何讓世界變得更好，又該如何向世人傳播賢者的觀點，總之就是一堆無意義的空談。」

「……」

我好像大概能夠理解。

這些人就是所謂的「自視甚高」吧。

原來這個世界也有這種人。

「所以才來應徵菲特烈他們的家庭教師啊……」

不過那些賢者沒有推薦函，而且據莉莎所說，他們幾乎都沒有進入研究院就讀。

明明是賢者，卻連大學或研究所畢業的資格都沒有。

「他們曾公開表示『我們賢者不會受限於研究院那種填鴨式教育，是理解世界真理的人物，和那些只能向別人請教的人不同！』，所以沒有進入研究院就讀。」

「我說啊……」

簡單來講，他們只是無法通過研究院的入學考試吧？

所以才用「我們是擁有魔力的賢者（自稱），不需要研究院的學問」這種亂七八糟的理論，將這項事實蒙混過去。

「之所以沒有推薦函，是因為大家知道推薦這種人只會害到自己吧？」

「應該就是這樣沒錯。」

那個自視甚高的團體沒有任何依據和成果，只有家世和家族財力可取。

如果推薦這種人當家庭教師，只會害推薦人自己失去信用。

「這些人明明沒有推薦函卻還過來應徵，光從這點就能看出他們有多沒常識。」

「說得也是……」

淘汰沒有推薦函的人是一種歧視。

如果是在日本，應該會有不負責任的談話節目評論員提出這種主張，但畢竟要選的可是鮑麥斯特伯爵家下任當家的家庭教師，當然不能挑個奇怪的傢伙。

如果腓特烈沒有受到良好教育，會對許多家臣與其家人，還有領民們帶來負面影響。

要是來應徵的人有問題，寫推薦函的貴族們也會被追究責任。

推薦函就像是具備應徵資格的證明書，所以當然不能讓沒有推薦函的人通過書面審查。

「直接忽視他們吧。祝他們『能在其他家族一展長才』。」

因為當然不能讓這些自稱賢者的傢伙合格，我將應徵文件扔進垃圾桶。

但我們還不明白。

那些人基本上都是群閒人，並且將採取出乎我們預料的行動……

＊　＊　＊

今天是久違的休假。

我和艾爾、布蘭塔克先生、導師和武臣先生一起去鮑爾柏格近郊狩獵。

就在我們談到要將今天的豐碩成果做成料理，和艾莉絲她們分享的時候，突然有五個怪人出現在我們面前。

雖然他們全都身穿長袍，但魔力非常稀少，只能勉強看出是魔法師。

「我是赫爾穆特王國賢者協會四天王之一！『火炎琉特』！」

「我是『水龍巴庫賽爾』！」

「我是『大地奇爾科』！」

「我是『強風桑戴斯』！」

「我是四天王之一！『虛無巴庫達』！」

「「「「「我們五人合起來正是！賢者四天王！」」」」」

「「「「「……」」」」」

賢者四天王的自我介紹激昂到彷彿接下來打算征服世界，但我們只覺得傻眼。

「伯爵大人，你終於也知道他們的存在啦……明明不能和他們扯上關係……」

「又不是我主動去找他們。是他們擅自寄文件過來，應徵腓特烈等人的家庭教師……」

「看來他們又閒得發慌了！真拿這些傢伙沒辦法！」

「導師，你之前怎麼都沒告訴我們有賢者這種人物？」

「艾爾文，在下反過來問你，知道這些人的存在有什麼好處嗎？」

「……沒有呢……他們明顯給人一種很廢的感覺……」

「看來你和他們有共鳴呢。」

「我可不想被當成他們的同類……」

替腓特烈等人挑選家庭教師的事情還不用急著做出決定，目前仍在進行書面審查……雖然沒有推薦函的他們應該會被刷掉，但他們要等能接受面試的人收到通知後才會知道這件事……

明明結果還沒揭曉，他們為什麼要特地跑來鮑爾柏格？

「（布蘭塔克先生，如果事先就知道他們的存在，有辦法擬定什麼對策嗎？）」

「（這些人可是自稱為賢者。他們多的是時間和金錢，所以隨時都能來鮑爾柏格。你覺得有辦法預防他們來訪嗎？）」

「（不覺得……）」

「（雖然他們確實是些煩人的傢伙，但也不會造成太大的危害。如果對他們採取太強硬的手段，或許會惹惱他們的老家。所以還是放著別管吧。）」

我至今都不曉得他們的存在。

從大貴族們都不會提起賢者來看，他們明顯是貴族社會的「難言之恥」。

只有吩咐他們活動時盡量別給人添麻煩吧。

「（威爾，這些傢伙是魔法師吧？雖然看起來都是小角色……）」

他們自稱是賢者協會的四天王，並在報上名號的同時施展魔法……雖然光這樣就夠奇怪了，但他們連魔法都很不起眼。

首先是一開始的「火炎琉特」。

雖然他用的是火魔法，但因為魔力太弱，所以只是用火種魔法點燃事先準備好的柴薪。

從篝火燒起來的速度來看，他應該很會堆柴薪。

為什麼不乾脆去露營教室教孩子們生火呢？

第二個人是「水龍巴庫賽爾」。

雖然自稱是水龍，不過他用的魔法就只是變出水再裝進杯子裡。

他確實有變出一杯水分量的水龍，但如果不仔細看根本看不清楚。

「啊，我正好有點口渴。是溫的啊！」

艾爾喝完水後，抱怨水是溫的。

這傢伙擅自喝了人家的水卻還抱怨，不過如果想讓魔法變出來的水降溫，就需要更多魔力。

看來巴庫賽爾光是讓水維持龍形就耗盡了魔力。

第三個人是「大地奇爾科」。

他一臉得意地站在用魔法隆起的土堆上。

大地……這算是大地嗎？

第四個人是「強風桑戴斯」。

他用魔法在自己面前產生小型龍捲風。

我還在想這有什麼意義……龍捲風就隨著他的魔力用盡消失了。

最後是四天王莫名其妙的第五人，「虛無巴庫達」。

虛無是什麼意思？

有這種魔法屬性嗎？

就在我們如此納悶時，他像是在變魔術般讓一枚銅幣反覆出現和消失。

這明顯是魔術吧？

「（那個……布蘭塔克先生。他應該不是把銅幣收進其他空間再拿出來吧？）」

「（哪有那種魔法！）」

「（如果沒有魔法袋還能做到那種事，事情可就大條了！）」

說得也是。

在這個世界，無法在不靠魔法袋的情況下將物品收進其他空間，就算只是一枚銅幣也一樣。如果辦得到這種事，應該會在魔導公會之類的組織掀起一陣轟動吧。

所以那只是單純的魔術。

「（明明是四天王卻有五個人！而且一臉得意地展示出來的魔法都不怎麼樣！特別是第五個人！用的根本就不是魔法吧！）」

他的魔力量和其他四人差不多，應該是雖然有魔力但無法施展魔法的類型吧。

如果在自我介紹時無法展示魔法會很丟臉，所以只好用硬幣魔術蒙混過去。

「見識到我等賢者協會四天王的實力了吧？」

虛無巴庫達維持得意的表情如此說道。

不，你那根本就不是魔法吧。

「虛無巴庫達。看來是我們的魔法太厲害，讓他們嚇到說不出話了。」

火炎琉特接著說道。

我確實覺得你們只能使出這種程度的魔法卻還如此囂張，甚至還自稱賢者這點很厲害。

出身背景應該也有影響吧。

「（這些人就連稱呼彼此時都是用外號呢。）」

艾爾，這件事一點都不重要吧……

「我和另一名護衛，正在陪這塊領地的領主鮑麥斯特伯爵大人、王宮首席魔導師阿姆斯壯子爵

大人，以及布雷希洛德藩侯的首席專屬魔法師布蘭塔克大人一起狩獵。現在是私人時間，如果有事找這幾位大人，應該要事先預約會面吧。」

武臣先生批評他們不該突然跑來打擾我們的私人狩獵時間。

如果想和我們見面，按照常理應該要先預約才行。

只要是和妹妹無關的事情，這個人都表現得很有常識。

至於只把艾爾稱作「另一名護衛」這點，倒是跟平常沒什麼不同。

「嗯，這不成問題。畢竟我們是賢者啊。」

「沒錯。我們是血統、魔力與智慧兼備的完美存在。」

「其實本來應該是別人該主動來向我們求教，但我們還是為了讓這個國家邁向更好的未來，特地來到這裡。」

「「「「……」」」」

水龍巴庫賽爾、大地奇爾科和強風桑戴斯接連一臉得意地如此說道，讓我們啞口無言。

這已經算是從貴族社會產生的黑暗了。

他們的言行裡充滿了毫無根據的自信。

家世方面……他們看起來並非繼承人，應該是受到父母溺愛的尼特族。

魔法方面……他們剛才展示的魔法根本就派不上用場。

而且他們已經把魔力都用完了。

光是自我介紹就會耗盡魔力，這樣還能算是魔法師嗎？

智力方面……從他們進不了研究院這點，就能大概知道水準。

能進研究院的都是貨真價實的天才或秀才，那些人看到這些傢伙應該只會想笑吧。

「（放任這些人自由行動真的沒問題嗎？）」

「（其實就連他們的父母都死心了！）」

根據導師的說法，賢者協會不過是給這些各方面都搞不清楚狀況的人一個容身之處，將他們聚在一起管理的組織。

「（我心裡對賢者的定義已經徹底被顛覆了……）」

他們和某角色扮演遊戲的賢者差距實在太大，讓我只能苦笑。

「話說你們到底是來幹嘛的？」

艾爾代替我詢問他們的目的。

「嗯？你是鮑麥斯特伯爵大人的家臣嗎……看起來真寒酸。」

「看起來血統很差，腦袋也不怎麼好呢。」

「完全沒有任何能夠贏過我們的要素，真是可憐……」

「我們是賢者，所以就算是無禮之徒的提問，也會寬宏大量地回答。」

「沒錯，賢者對庶民是很溫柔的。」

他們這些毫無根據的自信究竟是從哪裡來的？

坦白講，這真的讓我覺得很不可思議。

「（威爾，我可以揍他們嗎？）」

「（算了吧。他們再怎麼說還是大貴族的子弟……）」

沒想到這群人會糟糕到這種程度……

雖然已經把他們隔離起來，但真希望也能順便限制他們的行動自由……

「雖然鮑麥斯特伯爵大人是王家指定開拓南方地區的偉大魔法師……但有一個弱點。」

「那就是出身……雖然你本人很有實力，但到了下一代就會產生問題。」

「開拓並非一代就能完成的事業。」

「你的兒子腓特烈大人責任重大，可惜他並非歷史悠久的貴族家繼承人，難免會被人輕視。」

「他缺乏天生的大貴族氣質。所以我們才決定擔任他的家庭教師。這也是身為賢者的職責。」

「你就心懷感激地接受吧。在我們五人的教導下，腓特烈大人將成為出色的大貴族。」

「「「「……」」」」

不僅擅自寄送沒有推薦函的履歷，還突然跑來一臉得意地主張自己是賢者，所以願意擔任腓特烈的家庭教師。

而且明明書面審查尚未結束，他們卻擺出完全不需要考慮其他應徵者的態度，讓在場的所有人啞口無言。

雖然聽說他們的父母是大貴族或大商人，但到底要多寵自己的笨蛋兒子，才會放任這些缺乏常識的傢伙如此亂來。

「（威爾，要讓這些傢伙擔任家庭教師嗎？）」

「（怎麼可能！）」

要是腓特烈長大後變得跟他們一樣怎麼辦。

小孩子可是很純真的。

會深受養育他們長大的人影響。

所以當然不能讓這些笨蛋靠近他們。

「目前正在進行書面審查……請你們耐心等候。」

「書面審查……我覺得沒有這個必要呢。」

「畢竟要應付那些寄履歷過來的人。還是得表現出有好好選拔的樣子。」

「原來如此。和我們這些賢者相比，其他應徵者不過是群烏合之眾。」

「已經確定將由我們擔任家庭教師了吧。畢竟其他人的水準太差了。」

「我們會暫時待在鮑爾柏格一段期間。再見了。雖然之後應該每天都會見面。」

那些自稱賢者的傢伙返回位於鮑爾柏格的旅館，我又再次被捲入愚蠢的貴族們惹出的麻煩。

因為實在太令人困擾，我們用「瞬間移動」移動到布雷希柏格，找布雷希洛德藩侯商量這件事。

「原來如此，那群自稱賢者的人啊……」

看來布雷希洛德藩侯也知道他們。

「賢者們真是令人困擾。那明明只是用來粉飾隔離的名詞。」

「實際上是隔離嗎？」

「沒錯，大貴族家偶爾會出現一些無可救藥的人。他們將其中特別難搞的幾個傢伙聚集在同一個組織內，讓那些人自稱賢者……簡單來講，就是希望那些人不要打擾組織以外的人。」

換句話說，賢者們就相當於我前世的尼特族……

最好是能讓他們把時間都花在跟同伴們炫耀自己「家世很好！」「有魔力！」或是「頭腦很好」這些事情上……並盡可能隱匿他們的存在。

「雖然具備不上不下的魔力，但只能用來點火的魔法根本派不上任何用場。如果是平民，或許還能在工作的地方獲得重用。」

就算只能點火，對某些職業來說還是相當方便。

例如廚師，如果能夠自己快速點火，應該會很有用。

「他們是出生在名家的貴族。這也是一種不幸。畢竟無法讓他們去當廚師或工匠……」

那些人的父母一開始應該也對他們抱有很高的期待。

不過，他們馬上就因為魔力量過少而讓父母失望，但又不能像缺乏魔力的貴族子弟那樣認真念書或幫忙家業。

假如有足以進入研究院就讀的學力，至少還不會讓父母失望。

如果能夠認真學習父母的工作，別人也不會有怨言。

「但還是有點同情他們呢。」

「如果他們能正常地輔佐當家或作為繼承人的哥哥，也不會被遭受那樣的待遇。會變成那樣也算是自作自受吧。」

因為他們總是沒來由地對別人擺出居高臨下的態度。是會不斷樹敵的類型。

除了賢者同伴以外，應該也沒有其他朋友。

「賢者並不是正式的封號吧。一開始是誰想出來的？」

「即使只有那點程度的魔力，一般人還是能進魔導公會或魔法道具公會擔任文書人員。但他們連那裡都進不去，這樣應該大致能猜到是怎麼回事了吧。」

魔導公會裡有許多真正的魔法師，讓動不動就想炫耀魔力的他們去那裡工作根本是找死。

不過如果是和水準差不多的賢者同伴們待在一起，他們就不會起爭執。

讓他們把時間都花在評論同水平的人使用的魔法上，至少不會對其他人造成妨礙。

「真是悲慘的故事……」

「賢者協會本身已經有幾百年的歷史。因為是王國引以為恥的部分，意外地有許多人不曉得他們的存在。」

如果讓不特定的多數人知道他們的存在，確實會對王國造成麻煩。

不，單純只是覺得丟臉吧。

「那他們為什麼會想報名當腓特烈他們的家庭教師？」

「因為鮑麥斯特伯爵是新興貴族。歷史悠久的大貴族家在挑選家庭教師時，非常看重人選的門路和人脈，但你這邊或許不是這樣。至少他們是這麼想的。所以才認為像自己這樣的新人也能輕易獲得任用。」

就算不看門路，也不會挑選無能的人。

最低條件也要是研究院出身，只要是地位崇高的大貴族，在自己、附庸或宗主的遠親當中一定會有這樣的人。

此外也有代代都在研究院擔任教職的家族，貴族們也能從他們那裡聘用家庭教師。

也就是祖先們的恩師所隸屬的家族。

「那些家族保留了延續好幾代的教育指南，並持續進行研究，所以可以放心找他們擔任家庭教師。」

為了讓後代子孫能繼續擔任大貴族的家庭教師，他們不惜付出任何努力。

看來貴族的家庭教師這份工作其實還滿辛苦的。

「不僅是從這些厲害的人當中脫穎而出，還要同時具備門路、人脈和推薦函，這樣才能證明這些人確實具備擔任家庭教師的能力。畢竟如果介紹了奇怪的人，寫推薦函的人也會跟著蒙羞。」

因為等於是在宣告自己是沒有看人眼光的笨蛋。

「所以那些笨蛋才沒有推薦函啊。」

「就連他們的父母都不會幫忙寫推薦函。」

布蘭塔克先生和導師也接連抨擊那群自稱賢者的傢伙。

「那我該怎麼辦才好？」

「關於這件事，其實有個很簡單的解決方法。」

「是這樣嗎？」

「那些自稱賢者的人，從以前就經常自信滿滿地說些蠢話，所以人們早就研擬出應付他們的方法。鮑麥斯特伯爵，請把耳朵湊過來一下。」

我將耳朵湊向布雷希洛德藩侯。

「喔！原來還有這種方法！」

「只要逼他們面對結果就行了。」

我向布雷希洛德藩侯請教了應付那些自稱賢者的傢伙們的方法，並決定開始執行。

＊　＊　＊

「喔喔！我們通過書面審查啦！」

「不出所料呢。」

「畢竟我們是賢者啊。」

「這是理所當然的結論。」

「幸好鮑麥斯特擁有正常的判斷能力。」

我按照布雷希洛德藩侯的指示，先告訴那些自稱賢者的人通過了書面審查。

他們還是一樣充滿了沒來由的自信，我繼續向他們說明接下來的程序。

「再來是第二階段的考試，只要過了這關就能參加最終面試。」

「第二階段的考試？」

「考試內容並不困難。各位可以放輕鬆參加。應該不會有人過不了這關。只是類似確認的程序。」

「這樣啊。」

「請各位明天再來官邸接受第二階段的考試。」

「我明白了。」

「我們一定能輕鬆通過。」

「畢竟我們是賢者啊。」

幸好他們馬上就接受了我們開的條件。

期待明天看見他們驚慌失措的模樣。

真希望明天能快點到來。

隔天，那些自稱賢者的人一看見我們準備的筆試考卷，果然馬上就慌了起來。

「鮑麥斯特伯爵？這是……」

「是筆試。畢竟是要選拔家庭教師，當然需要具備基本的學識吧？」

這也是理所當然。

他們只是自稱賢者，並不是真的擅長學習。

如果真的這麼聰明，應該會進研究院吧。

正因為進不去研究院，才自己聚在一起假扮賢者。

「那麼，總共要考文學與文法、數學、自然、歷史、地理，以及通識這六科。每一科的滿分都是一百分。那就開始嘍。」

自稱賢者的人們像被灑了鹽巴的蛞蝓般，乖乖面對考卷。

因為一科要考一個小時，這樣他們應該會安分六個小時。

我丟下他們前往客廳。

「那些人狀況怎麼樣？」

「變得非常安分。沒想到還有這種方法……」

「一般在選拔大貴族的家庭教師時，並不會進行筆試。」

布蘭塔克先生表示平常不會進行這個程序。

「為什麼？」

「艾爾文，你之前看見送來的履歷和推薦函數量時嚇了一跳吧？」

「嗯，因為實在太多了。」

「不過啊。如果讓那些寄履歷過來的人參加筆試，只要沒有粗心寫錯，幾乎所有人都能拿一百分。」

「是這樣嗎？」

「研究院就是聚集了這些來自全國各地的天才和秀才的組織。」

赫爾穆特王國只有一間研究院。

那裡不看身分，只有真正的天才或秀才能夠進入研究院就讀。

如果只有從那裡畢業的人能當家庭教師，根本就不需要進行筆試。

因為所有人一定都能通過，所以沒必要這麼做。

「那些自稱天才的傢伙，看見考卷時一定都嚇了一跳。」

「他們說這就是填鴨式教育的弊害。」

「那些傢伙每次遇到這招時，都會說這種話。」

「這樣啊……」

即使是不同的世界，還是會有人說一樣的話呢。

「我們這些魔法師平常也會進行枯燥的基礎訓練，或是調查以前的魔法，踏實地努力吧。但那些傢伙通常不會做這些事情。」

如果他們做得到這種事，一開始就不會自稱賢者吧。

「話說要考幾分才算合格啊？」

「因為研究院的人幾乎都能考滿分，所以只要平均九十分以上就算合格吧。」

「他們絕對辦不到！」

如果考得到這種分數，他們的父母應該會願意幫忙寫推薦函。

如同導師的預料——雖然賢者以外的人都這麼認為——他們的筆試成績平均只有約二十分，所有人都沒有通過第二階段的考試。

「是考這些東西啊……感覺還滿難的。」

我看了一下給那些賢者用的考卷，發現對我來說也很難。我現在已經不會像前世那樣為了考試念書，有空的時候也是優先鍛鍊魔法。再加上內在是轉生者，所以歷史也很差。

我應該也無法通過筆試吧。

「來，威爾。」

「咦？伊娜，為什麼要給我這個？」

我不懂伊娜為何要拿考卷給我。

「因為好像很有趣，所以想試試看大家能考幾分。」

「……不需要吧……」

又不是我前世看的綜藝節目。

大家也不想看到鮑麥斯特伯爵被證明是「笨蛋」吧。

而且要是成績比那些賢者還差，我恐怕會變得一蹶不振。

「有什麼關係。只是個小遊戲啦。」

「唉……」

艾莉絲她們和艾爾也參加了，這讓身為前日本人的我難以拒絕。

我坐到書房的桌子前面，開始寫考卷。

考卷被收回去改後，進入發表分數的環節……

「第一名是艾莉絲，平均八十二分。」

「真的假的！」

伊娜開始公布參加考試遊戲者的平均分數，第一名是艾莉絲。

艾莉絲這樣應該能進研究院吧……

「不，這個分數進不去喔。平均至少要到九十五分才行。即使通過這個考試，第二階段的考試又會變得更難，並且要超過六十分才算合格。」

唔。

看來只有貨真價實的天才或秀才能進研究院。

這也讓我再次體認到艾莉絲果然是完美超人。

「第二名是泰蕾絲，平均八十分。第三名是我，七十三分。第四名是莉莎小姐，六十九分。第五名是威爾，六十五分。」

這個排名……大致符合預期。

泰蕾絲是接受過英才教育的前菲利浦公爵，伊娜平常很愛看書，莉莎則是身為年長者的經驗？不對，是因為常看書研究魔法吧。

意外的是，泰蕾絲的平均分數居然比艾莉絲低。

不過差距不大，而且兩人的分數都比我高很多。

「貴族家的當家大概都是這樣啦。雖然接受過各種教育，但有些還是會忘記。如果之後需要用到，再重新學就行了。」

話雖如此，平均八十分還是很厲害。

「我應該算是普通吧？」

「雖然這樣講有點失禮，但以騎士爵的八男來說算是很了不起了。」

主要應該是因為我的內在吧。

我多少還保留了一點念書的習慣，只是沒想到這麼有幫助。

「你的歷史完全不行呢。」

「人本來就是不會回顧過去的生物啊。」

如果是日本史或世界史也就算了，我對琳蓋亞大陸的歷史根本毫無興趣！學了也沒什麼用吧。

「第六名是卡特琳娜，六十三分。」

「跟我一樣普通呢。」

「喔——呵呵。像我們這樣的貴族，只要掌握基礎知識就夠了。我們真正需要的是活用自己僱用的專業人才的能力。」

我基本上贊同她的說法，但畢竟這話是出自卡特琳娜的口中，感覺她比較像是用笑的蒙混過去。

「第七名是薇爾瑪，六十二分。自然科的分數特別高呢。」

「因為有需要。」

擅長狩獵和釣魚的薇爾瑪，自然科的分數非常高。

因為有需要，所以很自然就學會了吧。

「然後……第八名是卡琪雅，三十五分。」

「分數一口氣掉了很多呢……」

「因為不需要。冒險者差不多都是這樣啦。」

卡琪雅看起來並沒有特別在意，可能冒險者確實不需要念太多書。

雖然卡琪雅現在是貴族，但需要念書的人並不是她，而是她的女兒。

「第九名是露易絲……十二分。」

「這樣啊。不過人就算不念書也能活得很好。」

露易絲基本上都是順從本能和當下的興致生活，所以即使成績很差也毫不在意。

她以前不需要念書，未來應該也不太需要。但我還是很羨慕她能說得如此乾脆。

「亞美莉大嫂沒有參加考試嗎？」

「因、因為我很忙……」

「「「「「「「啊……」」」」」」」

大概是逃避了……雖然所有人都這麼想，但沒有說出來。

畢竟像亞美莉大嫂這種地方貴族家出身的人，教育水準應該和鮑麥斯特騎士爵家差不多。

此外，遙也沒有參加考試。

因為她正忙著照顧小嬰兒。

是讓我們放心玩遊戲的幕後功臣。

「第十名……需要公布嗎？」

「姑且公布一下吧。」

雖然只是一時興起開始的考試，但伊娜似乎看到了令人難以啟齒的結果。

她應該是在顧慮至今仍未被喊到名字的最後一名吧。

「真是的！我早就知道自己吊車尾了！快公布結果吧！」

那個人當然就是艾爾，他告訴伊娜不用顧慮自己。
「我一點都不在意這種考試的成績。」
「那我就公布嘍。第十名是艾爾，五分……」
「「「「「「「「……」」」」」」」」
「咦？五分？不是十五分？」
「嗯，五分……」
我總算明白為何伊娜會不想發表艾爾的分數了。
五分……雖然露易絲的十二分也很誇張，但好歹是二位數。
就算平常完全不需要念書，五分還是相當丟臉的成績。
「真的只有五分？不會是改錯了吧？」
「我確認過好幾次了。但真的是五分。」
「是這樣嗎……」
明明只是考好玩的考試，艾爾過於悽慘的分數卻讓氣氛瞬間降溫。
就連那些賢者的平均分數都超過二十分，可見艾爾的分數有多悽慘。
「……五分……」
「艾爾先生，要再來一杯茶嗎？」
「艾爾，我的蛋糕也給你吧。」

「放心啦。我看得出來，雷昂一定比較像遙。」

「這種安慰方式！反而更讓人受傷啦！」

不過有時候挫折反而能讓人成長。

在那之後，艾爾變得偶爾會向伊娜借書來看。

雖然這世界沒有簡單到能靠讀書解決一切，但太缺乏知識也不行……我又重新體認到這個道理。

另外，那些筆試不合格的賢者們後來落荒而逃般的離開了鮑爾柏格。

不擅長筆試的人，還能稱得上是賢者嗎？

第二話　碰龜與戀愛

「怎麼都釣不到……真是奇怪。」

「明明上個星期還很容易釣到……這是怎麼回事？」

「薇爾瑪，老爺。該不會是有違法捕魚吧？」

「如果是瑞穗倒還有可能，但碰龜在赫爾穆特王國不怎麼受歡迎。就算偷抓也沒什麼意義。應該是有什麼其他原因。」

到了傍晚。

我、薇爾瑪和卡琪雅一起在鮑爾柏格近郊的某條河垂釣。

我們的目標是「碰龜」，也就是地球的「甲魚」。

甲魚在地球被認為能夠增強精力和滋補身體，是廣受大眾喜愛的食材……但在這個世界就不同了。

因為料理方式太落後，主要是用鹽巴和香草一起燉煮，所以不怎麼受歡迎。

既然有其他比甲魚美味，又具備相同效果的食材，最後當然是那些食材比較受歡迎。

例如賣河魚料理的店家，雖然那裡也有賣類似日本甲魚料理的菜色並受到部分顧客喜愛，但主要還是賣較吸引人的鰻魚料理。

就結果而言，至今仍只有少數人會吃碰龜料理，但鮑麥斯特伯爵家有會做瑞穗料理的廚師。

他做的碰龜料理幾乎和日本的甲魚料理一樣美味，所以我們經常去棲息了許多碰龜的河川垂釣。

因為需要去除土味，所以官邸的庭院也設有用來暫養這些碰龜的水池。

當然是我用魔法做的。

最近比較常吃這類料理導致庫存量變少，因此我們在傍晚時打算來鮑爾柏格近郊的河川釣碰龜，但今天不知為何完全感覺不到碰龜的氣息。

明明平常輕鬆就能釣到……

「該不會是今天有碰龜的聚會吧？」

雖然不曉得牠們聚在一起時都在討論什麼。

頂多只會討論「哪裡有很多食物」吧。

「若是有人濫捕，數量應該是逐漸減少，而不會突然全部不見。最近也沒有收到盜獵者的情報。鮑麥斯特伯爵領地內本來就很少人吃碰龜，又有許多不會有人去的河川，所以數量不可能減少……」

薇爾瑪不愧是釣魚和捕魚的專家。

她冷靜地推敲碰龜消失的理由。

「是出現了天敵嗎？」

「就算是這樣也不可能全滅。而且碰龜的天敵不多。」

除非是魔物，不然在鮑麥斯特伯爵領地棲息的動物當中，很少有碰龜的天敵。

更不可能讓碰龜在短期內消失。

「或許威爾大人的推測是正確的。」

「妳是說聚會嗎？再怎麼說都不可能是那樣吧？」

又不是貓。

「其他領地的狀況又是如何？」

「這個情報也很重要。」

究竟是只出現在鮑麥斯特伯爵領地內的現象，還是出現在整個琳蓋亞大陸內的現象，這兩種狀況的應對方式可是天差地遠。

「威爾大人想出的碰龜料理非常美味。如果碰龜全部消失就傷腦筋了。」

「我也會很困擾！」

好不容易僱用了瑞穗的廚師。

怎麼能夠放棄隨時都能享用鰻魚和碰龜料理的機會，在我的前世根本無法想像這種奢侈的生活！

「去找布雷希洛德藩侯打聽一下他領地內的狀況吧。」

因為今天已經很晚了，我隔天用「瞬間移動」前往布雷希柏格。

然後，我試著向布雷希洛德藩侯打聽碰龜的事情。

「這麼說來，我有聽說最近在領地內都抓不到碰龜。這也讓我很傷腦筋呢。」

「是這樣嗎？」

我也有教布雷希洛德藩侯如何製作瑞穗風格的碰龜料理，但我沒想到他會因為碰龜消失而感到困擾。

「鮑麥斯特伯爵以前不是跟我提過碰龜料理有滋補身體和增強精力的效果嗎？我實際吃過後覺得很有效，所以現在也很常吃。」

在我前世的成人雜誌封底上，經常刊登甲魚產品的廣告。

原來是這樣……

受到我的影響，布雷希洛德藩侯後來也多了許多位妻子，看來他也很辛苦。

他畢竟是我的宗主，所以妻子數量不能比我還少。

不然會被其他貴族或家臣在背後說閒話。

特別是在他的家臣當中，有許多人會說「鮑麥斯特伯爵以前不過是騎士爵家的八男！主公大人絕對不能輸給他！」這些都是布蘭塔克先生之前告訴我的。

我得知這些事情時的感想是「貴族果然都異常在乎面子」。

會累是當然的，會需要吃能夠增強精力的食品也很正常。

「布雷希洛德藩侯領地也一樣啊。」

「好像是有漁夫報告在領地內突然變得抓不到碰龜。不過因為碰龜料理在這裡也不怎麼受歡迎，所以並沒有造成什麼大問題。」

畢竟如果不是用瑞穗風格的方式料理，就無法去除碰龜的土味。

但不僅是鮑麥斯特伯爵領地，就連布雷希洛德藩侯領地也抓不到碰龜了。

這表示至少南部地區已經找不到碰龜了。

「這究竟是整個王國都有的狀況，還是只發生在南部地區呢。真是令人費解。」

「是啊……」

必須解開這個謎團才行。

我在之前的賢者事件中得知了研究院的存在，因此立刻飛到王都。

在研究院中也有一群研究生物的學者，我決定徵求他們的意見。

「喔，關於碰龜消失的事情啊。沒辦法，現在就是那種時期。」

「那種時期？」

「嗯。每隔幾十年，那個地區的碰龜們都會聚集到某個地方。」

大概是因為我的身分。

隸屬於研究院的生物學者們很乾脆地就告訴我碰龜消失的原因。

雖然長得很像，但甲魚和碰龜果然是不同的生物。

碰龜是烏龜，所以極為長壽。

根據生物學者的說明，棲息在那個地區的所有碰龜，每隔幾十年都會聚集到某個地方。

所以就算變得完全抓不到碰龜也很正常。

「至於碰龜聚集在一起的原因。是因為成熟的碰龜平常只會跟附近的同伴交配產卵。但這樣無法維持物種的多樣性。」

「原來如此。所以才會定期聚集在某個地方，和棲息在遠方的其他同伴交配產卵。這麼一來就能防止近親交配，維持碰龜的多樣性。」

「喔喔！鮑麥斯特伯爵真是學識淵博！」

「我也嚇了一跳！」

「我只是碰巧知道而已。」

畢竟人類和其他生物，最好也要避免近親交配。

碰龜應該是本能地採取這樣的行為。

但每年都這麼做太辛苦了，所以才每隔幾十年做一次。

今年正好就是那一年。

「那牠們之後會回到原本的棲息地吧。」

「從碰龜消失的時期推測，應該再過一個星期吧。」

不愧是在突破重重難關後，進入研究院的學者。

「原來如此。這樣我就明白了。你們果然都很聰明呢。」

「畢竟這是我們的工作。而且我也很開心。」

「很開心？」

「是啊，因為碰龜突然集體消失，所以特地來向我這個專家請教原因。會這麼做的人，大概也只有鮑麥斯特伯爵大人了。」

「其他人呢？」

「大家都不在意，或是擔心這是某種壞事的前兆，也有地方貴族會因此拜託神官們祈禱。有些神官贊同那些貴族，每當我們學者表示那是碰龜的生態，就會有許多人不開心。」

這是因為把這當成某種壞事的前兆，請人祈禱的貴族和神官們才有利可圖。

也有教會幹部需要那些神官的支持，所以不希望太多人知道真相。

「雖然研究院內也有許多神官，但那種神官只占一小部分。」

因為神官同時也是知識階層，大部分的人都不會否定科學研究。

地球也有否定進化論的宗教人士，所以或許這裡的狀況還算好？

「不過如果牠們過一個星期就會回來，那就不用擔心了。」

「鮑麥斯特伯爵大人喜歡吃碰龜嗎？這樣的人不多呢。」

「關於這件事……」

我開始說明抓到碰龜後，會先放進乾淨的水裡兩個星期去除土味。

還有在瑞穗有美味的碰龜料理。

以及碰龜料理在瑞穗被認為有滋補身體和增強精力的效果，所以相當受到重視。

這位生物學者向我講解了碰龜的生態，所以我用這種方式回報他。

「原來如此。看來很有研究的價值。」

生物學者對這個話題非常有興趣。

我說這些話時並沒有想太多，但看來我太小看研究院的學者了。

過了一段期間，瑞穗風格的碰龜料理和效果就在赫爾穆特王國傳開，許多有三妻四妾的富裕人士，都為了維持家庭而搶著購買。

碰龜的價格因此上漲，還因為盜獵而導致數量減少，市面上也開始出現養殖的碰龜……這或許就是人性吧。

至於我的鮑麥斯特伯爵領地，則是因為和之前的生物學者一起建立碰龜的養殖場，成功確保了穩定的產量大賺一筆，但這都是很久以後的事情了。

＊　＊　＊

「這不是鮑麥斯特伯爵大人嗎？請問您今天有何貴幹？」

「我到樓上處理事情。」

「大貴族的雜事很多，真是不容易呢。」

我們離開研究院後，去魔導公會處理雜事，然後順道拜訪了貝肯鮑爾先生位於地下的研究室。

他沒有像平常那樣在研究魔法陣，而是在調配魔法藥。

「那是什麼魔法藥？」

關於貝肯鮑爾先生調配的魔法藥……我之前曾聽導師說過……

他們曾因為那個魔法藥而暫時變成女性……

我、艾爾、露易絲和薇爾瑪都一齊遠離貝肯鮑爾先生。

「唔唔唔……看來你們已經從阿姆斯壯導師那裡聽說過了。不過那是發生在我還年輕，技術不夠成熟時的事情。我現在技術已經十分純熟，所以不用擔心。」

話雖如此，他平日的言行舉止讓人完全無法信任。

「請問……那是什麼魔法藥？」

「是消除皮膚色斑的魔法藥。」

「聽起來就是專門賣給有錢人的魔法藥。」

「你也會做這種魔法藥啊。」

艾爾和我都以為貝肯鮑爾先生目前只有在研究魔法陣。

「研究魔法陣會耗費許多時間和資金。因此難免會遇到研究預算用完的時候。魔導公會某方面也算是政府機關，一旦用完當年的預算，就無法期待追加預算。所以偶爾會需要像這樣賺外快。」

雖然平常的言行舉止有點誇張，但貝肯鮑爾先生基本上是個認真的研究者。

他不僅專心投入魔法陣的研究，還會像這樣賺外快來填補不足的研究預算。

「你好像順便偷偷批評了魔導公會。」

艾爾，考慮到這個人的性格，你就當沒聽見吧。

「消除皮膚色斑的魔法藥啊。」

如果是在地球，感覺會很暢銷。

上了年紀的女性應該都會想買吧。

「那效果怎麼樣？」

「當然是很有效。所以才有許多貴族的夫人們願意花大錢買。雖然她們除了色斑以外還有許多缺點，但那些就無法靠魔法藥消除了。」

「「「……」」」

貝肯鮑爾先生講話還是一樣尖酸刻薄，我們只能沉默以對。

「再來只要混入這種藥就完成了。」

貝肯鮑爾先生說完後，將看起來很危險的藍色液體，倒進裝著同樣感覺很危險的紫色液體的燒杯裡。

「威爾，把顏色這麼詭異的液體塗在皮膚上真的沒問題嗎？」

「我覺得顏色應該沒什麼差。」

主要還是要看成分。

只因為顏色詭異就判斷這個魔法藥有毒，未免操之過急。

「威爾大人，冒出了好多白煙。」

「大概……是因為在完成之前會產生各種化學反應吧。」

貝肯鮑爾先生已經做過這個魔法藥很多次，應該不會失誤吧。

「哎呀？做這種藥時會冒這麼多煙嗎？」

「喂！」

「你不是做過好幾次了？」

「咦？所以是失敗了嗎？」

「臭老頭，快給我說清楚。」

我們接連向自信滿滿地製作魔法藥，結果卻失敗的貝肯鮑爾先生抱怨。

薇爾瑪還隨口喊出了令人印象深刻的粗暴言論。

「啊——————！室長！你該不會用了放在那裡的素材吧？」

此時，一位像是貝肯鮑爾先生部下的年輕男魔法師走進房間，指向原本裝著危險藍色液體的空燒杯。

「用是用了，但我完全是按照說明調配。不需要這麼驚訝吧？」

「那個素材！是我之前讓年輕的研究人員做的，不過因為少了一樣碰龜肝，所以他改用別種烏龜的肝製作。我知道後就趕緊過來通知您……」

咦？

換句話說，貝肯鮑爾先生確定調配失敗了？

我們緊張地互望彼此。

「咳！如各位所見，即使是像我這樣的天才，偶爾也會因為外在因素失誤。我會在下星期的會議和大家分享這次的失敗，以免再次發生類似的事情……」

「「「現在不是說這種話的時候吧！」」」

雖然從組織的角度來看是正確的！

就算想立刻逃跑，房間入口也已經被年輕的男魔法師擋住，房間內立刻被白煙籠罩，我們只能接受之後的結果。

「嗯……這樣看來，鮑麥斯特伯爵的結果算是最好的。」

「我也這麼覺得。艾爾個子高又滿身肌肉，比較偏向坎蒂先生。」

「……老婆婆。」

「沒錯。我就算變成女性也只是個老婆婆，那又怎樣。」

「現在不是說這種話的時候吧……」

貝肯鮑爾先生原本是在調配「消除皮膚色斑的魔法藥」，但他的部下在調配素材時失敗了，導致我、艾爾和貝肯鮑爾先生不知為何變成了女性。

露易絲和薇爾瑪原本就是女性，所以沒有變化。

我猜原因大概是這樣。

這種藥原本是透過增加女性荷爾蒙來消除皮膚的色斑，結果因為調配失敗害我們變成了女性。

或許是因為聽過導師的經驗，總覺得這狀況有點似曾相識。

而且還是相同的人犯了相同的失誤。

「不是我的錯。這都要怪調配材料的部下偷工減料。如果少了碰龜肝這項原料，就應該停止製作並提出報告。覺得都是烏龜所以沒關係的想法實在不太好。報告狀況對組織來說非常重要。」

「雖然你說得很對，但管理職就是為了負責而存在。」

「……」

薇爾瑪毫不留情的正確指責，讓貝肯鮑爾先生啞口無言。

「所以呢？有辦法恢復嗎？威爾變成這樣，我可是要負很大的責任。」

艾爾是以護衛的身分和我同行。

我變成這樣後，他一定會被追究責任。

羅德里希在這方面非常嚴苛。

「只要把那個消除皮膚色斑的魔法藥塗在皮膚上就能恢復原狀。」

「能恢復就好……快點製作吧。」

「不過。我拜託部下調配材料時，才聽說碰龜現在正逢幾十年一次的大集合，所以根本抓不到。」

「都沒有剩下的材料嗎？」

「平常很少有機會用到碰龜的肝，就算想存放也會很快腐壞。雖然平時輕易就能買到碰龜，但在取得碰龜的肝之前只能先維持現狀了。」

「怎麼會這樣！」

艾爾一想到自己的下場，就忍不住仰天長歎。

不過沒想到碰龜消失的事情，會在這種地方產生影響。

我的運氣果然很差。

＊　＊　＊

「這個嘛，先選這套衣服吧。還滿難搭配的呢。」

「唔哇，不管穿什麼都不適合……」

「真是魁梧。」

「喂！不要把我當玩具！」

如今只能接受變成女性的事實。

只要等碰龜的大集合和交配結束，在一星期後回到原本的棲息地，我們就能取得魔法藥的原料並恢復原狀。

因為只要等一個星期，我本來打算安分地等時間到……但露易絲和薇爾瑪不知為何把我們帶來坎蒂先生的店。

好像是因為還有一個星期，所以需要買女孩子的衣服。

有這個必要嗎？

看見被坎蒂先生強迫試穿的艾爾後，我的這個念頭又變得更加強烈。

我絕對要維持目前的打扮。

「既然只需要等一個星期，維持現狀也沒關係吧！」

「不過艾爾文胸部很大，至少要穿胸罩才不會顯得失禮。」

「我才不要穿——————！」

艾爾與其說是胸部大，不如說是胸膛太厚，所以看起來才有點像巨乳？

我的話……感覺用纏胸布就行了。

「艾爾文，你想穿什麼花紋的胸罩？」

「不是花紋的問題，我才不想穿那種東西！」

「不行，這樣太不檢點了。」

艾爾被坎蒂先生和露易絲帶進後面的試衣間時，我請薇爾瑪幫我綁纏胸布。

幸好我的胸部偏小。

「只要綁上纏胸布，應該就不會顯得太奇怪……」

「放心吧。」

既然薇爾瑪都這麼說了，表示我變成女性後受到的影響比較小。

至於艾爾……

「露易絲，妳覺得這件怎麼樣。」

「這花紋不錯呢！」

「我絕對不要穿——！」

如果去幫他感覺會被捲進去，因此我決定犧牲艾爾。

畢竟我還是要先顧自己。

「話說貝肯鮑爾先生先生呢？」

「他回家了。」

這麼說來，我記得他老家是王都知名的內衣店。

他接下來一個星期也都是女性，所以是回去拿內衣嗎？

不，他好歹是魔法師。就算不穿內衣，也能靠長袍蒙混過去……

「光是稍微想像就覺得不太舒服。」

「我也……」

因為差點就要想像變成女性的貝肯鮑爾（婆婆）穿著老家賣的高級內衣的樣子，我和薇爾瑪連忙中斷話題。

幸好現在不是在吃飯。

「他應該不會缺內衣。」

「說得也是。」

我和薇爾瑪相視而笑後，說巧不巧。

貝肯鮑爾先生居然出現在坎蒂先生的店裡。

而且他正被自己的妻子拉著耳朵。

「你居然對鮑麥斯特伯爵大人做出那種事情！萬一無法恢復原狀怎麼辦！」

「只要我繼續研究……」

「你的每項研究都沒做出成果吧！」

「研究之路本來就沒有終點。」

「你每次都想用這種曖昧的說法蒙混過去！你以為你做的魔法藥至今給多少人添過麻煩了！」

看來不只是我和導師，這個人也經常惹出麻煩，然後被妻子斥責……

「喔喔，這不是鮑麥斯特伯爵大人嗎？你看起來並沒有很不方便呢。」

「倒也不完全是那樣……」

畢竟突然被變成女性。

「老公！你快點向鮑麥斯特伯爵大人道歉！」

「唉，人活著偶爾就是會遇到這種事。」

「哪有人像你這樣說話的！」

該說他一點都沒變嗎……

這個人總是會刻意惹人發火。

「這次我丈夫對各位造成了很大的困擾。真的是非常抱歉。」

雖然貝肯鮑爾先生很難算是一個合格的社會人士，但他的妻子相當能幹。

算是一對有取得平衡的夫妻。

「作為賠禮，各位的內衣就由本店提供吧。」

「……」

不，這對夫妻本質上好像是同類。

明明只要綁纏胸布就行了，為什麼要送我內衣……

是為了宣傳嗎？

應該沒什麼效果吧……

「我不需要內衣。給艾爾就行了。」

「我知道了。雖然坎蒂先生的店也有賣內衣，但畢竟並非專門店，所以品項有限。」

「的確。」

我不想穿上王族專用店的女性內衣，所以即使有點於心不忍，我還是選擇出賣艾爾。

抱歉了，艾爾。

我果然還是要先顧自己。

「那就馬上帶艾爾文先生到我們店裡吧。」

「我老家的內衣店品項很豐富。一定能找到艾爾文大人喜歡的內衣。」

「嗯，說得也是……對吧，薇爾瑪。」

「我也這麼覺得。」

薇爾瑪也配合我的說詞。

不愧是我可愛的老婆。

其實她應該也不想看我穿高級內衣的樣子。

「那趕緊帶他過去吧。」

「我的內衣也是請妻子幫忙挑的。要看嗎？」

「「不用了……」」

我一點都不想讓貝肯鮑爾先生穿高級內衣的樣子占據我大腦的空間。

我只要保留妻子們穿內衣的樣子就夠了。

「咦？怎麼了？貝肯鮑爾先生？」

「我想提供我家的內衣給你。趕緊跟我們走吧。」

「不好意思，坎蒂先生。」

「說得也是。畢竟我的店不是專門店，所以品項沒有米蘭達那裡豐富。」

坎蒂似乎跟貝肯鮑爾先生的夫人也很熟。

這個人的人脈真的是廣到讓人驚訝。

「太好了，艾爾。你可以隨便選呢。」

「你們所有人都太沒良心了！」

沒人理會艾爾的抗議，就算想抵抗也會被坎蒂先生阻止，他就這樣被帶到了貝肯鮑爾先生老家經營的內衣店。

我和薇爾瑪默默目送他離開。

「明明只要綁纏胸布就好，為什麼事情會變這樣呢？」

「就是啊。」

過了一會兒，艾爾兩眼無神地回來了。

他似乎被強迫——雖然貝肯鮑爾先生完全是出於好意——穿上了高級內衣。

「明明不管穿不穿，外觀看起來都差不多！威爾怎麼都不阻止他們！」

「如果阻止他們，我也會遭到牽連……」

「你再說下去，我就要露給你看嘍！」

「拜託不要！」

歷史就這樣再次重演，我們因為貝肯鮑爾先生製造的魔法藥，必須當女性一段期間。

「嗚嗚……所以我才變成這樣啊，腓特烈。」

「啊嗚啊？」

「他在說『媽媽，不要難過』。」

「誰是媽媽啊！我是爸爸！」

「嗚哇——！」

「親愛的，不可以在腓特烈旁邊大叫喔。」

「糟糕……」

都怪卡琪雅在我向腓特烈他們傾訴自己變成女性的悲傷時，說我是媽媽……害我忍不住生氣大喊弄哭了小嬰兒們，然後被艾莉絲警告。

「反正能夠恢復原狀吧？只要忍到那些原料交配完回來就行了。」

雖然露易絲說的沒錯……但我覺得女孩子還是別把「交配」這個詞掛在嘴邊比較好。

「露易絲小姐，這樣太粗俗了。」

看吧。

馬上就被卡特琳娜警告了。

「這時候應該要像個貴族……說是碰龜幾十年一次的愛情幽會。」

「不管怎麼修飾都是交配吧。」

然後薇爾瑪一如往常，推翻了卡特琳娜的說法。

某方面來說，這種對話已經成了慣例。

「話說這個狀況明明只會維持一個星期，為什麼只有我必須穿女用內衣啊！」

「艾爾，如果是穿冒險者的裝備時也就算了，穿便服時必須要穿內衣喔。這是禮節，應該說是一種禮貌。」

「沒錯，伊娜說的對。長得像魁梧男性的女人在路上露出那種與其說是胸部，更像是厚實胸膛的部位，實在太不得體了。」

「我又不會直接露給別人看。講得好像我是變態一樣！」

看來艾爾很討厭打扮成女性的樣子。

雖然我也很討厭。

「真要這樣講，露易絲覺得威爾就不用穿嗎？」

「畢竟威爾穿的是長袍。」

我有綁纏胸布，而且披上長袍後，襯衫底下的胸部就變得很不明顯。

和換上便服，或是符合鮑麥斯特伯爵家家臣身分服裝時的艾爾相比，我受到的影響比較小。

「真羨慕威爾……不對！我也可以只綁纏胸布吧！」

果然還是被他發現了。

其實幾乎所有知情的人……都是在利用艾爾變成女性這件事戲弄他。

我則是為了避免被牽連，立刻就綁上了纏胸布。

艾爾其實只是逃得太慢了。

「艾爾先生，我可以幫你綁纏胸布。」

「果然只有遙是我的天使。」

艾爾先離開房間，讓遙替他綁纏胸布。

畢竟他本來就沒必要穿女用內衣。

「對了，威爾。」

「伊娜，有什麼事嗎？」

「你明天要和導師去狩獵吧？我記得還有一名協助鮑麥斯特伯爵領地的產品在王都流通的……莫蓋森伯爵也會一起去。」

這麼說來確實有這件事。

伊娜記憶力真好。

他在王都的物流方面有很大的權限，至於導師是怎麼認識這麼斯文的人……主要是因為過去發生了許多事……而我們也聽導師提過那些內容……

「那個莫蓋森伯爵，就是在導師變成女性後喜歡上他的人吧？」

「……不不不，導師說他後來已經醒悟了。」

現任莫蓋森伯爵還是美少年時，曾經喜歡上變成女性的導師並掀起一場風波，但他現在已經成為一個能幹的俊美中年男子。

為了振興王都的景氣，他願意協助我們將鮑麥斯特伯爵領地的商品配送到王都。

因為是透過導師的介紹——要不是發生過那樣的事，這兩人應該也沒機會認識——我們決定舉辦一場狩獵活動接待他。

鮑爾柏格近郊的獵場有許多獵物，相當受到貴族們歡迎。

我們經常在那裡接待客人。

「歷史會重演嗎？」

「薇爾瑪，怎麼想都不可能吧。」

難道莫蓋森伯爵會喜歡上變成女性後的我嗎？

他現在可是和許多漂亮的妻子一起過著理想的現充貴族生活。

不可能對變成女性後的我產生興趣。

歷史不會重演。

「希望如此……」

雖然薇爾瑪的擔憂讓我感到很在意，但隔天的狩獵活動還是順利開始了。

這些應酬活動，都是在替腓特烈他們的未來鋪路。

我用「瞬間移動」將導師和莫蓋森伯爵送到鮑爾柏格近郊的獵場。

不過比原本的預定多帶了一個人。

對方的服裝不像是家臣或護衛，應該是家族成員吧？

莫蓋森伯爵原本就是個俊美的中年男子，而和他同行的人也是個相當俊美的少年。

我在去莫蓋森伯爵家接人時也有和他的家人打過招呼，他的家人全都是俊男美女。

就連管家和女僕們也不例外，彷彿只有莫蓋森伯爵官邸是故事裡的場景。

「富蘭克林大人，向鮑麥斯特伯爵介紹一下你的繼承人克萊門斯吧！」

「我今天帶他來就是為了這個目的。鮑麥斯特伯爵大人，這孩子是我的繼承人克萊門斯。希望未來能和腓特烈大人與其後代維持良好的關係。」

莫蓋森伯爵是個性格非常溫和又謙虛的好人。

難以想像他過去曾經喜歡上變成女性後的導師。

「克萊門斯，和鮑麥斯特伯爵大人打個招呼吧。」

「鮑麥斯特伯爵大人，我是莫蓋森伯爵家的克萊門斯。請多指教。」

真羨慕美少年，光是打個招呼就能讓人覺得賞心悅目。

代代都是俊男美女的世家，人生一開始就已經成功了一半。

天生容貌就很普通的我忍不住這麼想。

「（纏胸布果然有用。）」

雖然我的身體已經變成女性，但身高並沒有變化，所以只要藏在長袍底下就不會被莫蓋森伯爵他們察覺。

艾爾也因為今天要狩獵而換上了鎧甲。

就在我覺得應該不會被發現時……

「請問……這位是誰呢？」

「呃，他是我的家臣艾爾文……」

克萊門斯不知為何對艾爾很感興趣。

「原來妳叫艾爾文啊。這個名字給人的感覺很強悍呢。」

「我的名字很強悍？」

「……」

太奇怪了。

艾爾明明盡可能隱藏了自己現在是女性的事實，但克萊門斯不知為何一直紅著臉看他。

克萊門斯的臉愈變愈紅，看起來相當興奮。

這該不會是……

「我看得出來喔。艾爾文小姐是女性吧。明明身為女性，卻擁有足以被提拔為鮑麥斯特伯爵大人護衛的實力，真是太出色了。我很憧憬這樣的艾爾文小姐。」

克萊門斯在說話的同時，臉又變得更紅了。

事到如今，導師和莫蓋森伯爵似乎也發現了。

沒錯，歷史再次重演……

「（為什麼——！明明威爾也一樣——！」

「（喂，跟我沒關係吧！）」

我慶幸同樣變成女性的自己沒有被當成目標，在心裡鬆了口氣。

同時我也發自內心同情艾爾。

＊　＊　＊

「我遇見了理想的女性。」

我出生在莫蓋森伯爵家，世人對我家的評價是這樣的——

不只整個家族，連傭人都是俊男美女，宛如出現在故事裡的貴族家。

但我從來不曾為此感到高興。

雖然世人都覺得我們家族的人是俊男美女，但在我看來只是一群缺乏個性的人。

而我後來的未婚妻，果然也是個缺乏個性的普通人。

儘管世人都覺得她是非常漂亮的千金小姐，但看在我眼裡仍只是個普通人。

婚姻是為了讓家族得以延續。

身為莫蓋森伯爵家繼承人的我只能接受這個現實，就在我對自己的人生死心時，我遇見了命中注定的對象。

艾爾文小姐是個非常有包容力又有個性的女性。

從出生到現在，我第一次在看見某人的瞬間，就覺得全身像被電到一樣。

我這輩子或許再也遇不到這樣的人。

絕對不能放過這個機會。

我下定決心一定要娶她為妻。

遺憾的是，以她的身分無法成為我的正室，但我一定會讓她當妾也很幸福。

所以，我相信艾爾文小姐一定會答應我的求婚。

＊　＊　＊

「……歷史……會不斷重演。」

「……我再次體認到我和克萊門斯果然是父子……」

「艾爾文明明是男性的名字，令郎難道都不覺得奇怪嗎？」

「艾莉絲小姐……所以大家才說『戀愛會讓人盲目』……」

「有經驗的人說這種話真有說服力！」

「導師大人，請你別再提了。」

我們在招待客人的狩獵活動結束後返回鮑麥斯特伯爵官邸，但室內的氣氛相當沉重。

「艾爾文小姐平常有什麼興趣嗎？」

「練劍……」

「真是實用的興趣呢。妳這種毫不掩飾的地方也很棒呢。」

「……」

除了莫蓋森伯爵的長男克萊門斯以外……

其實沒什麼大不了的。

他只是喜歡上變成女性的艾爾而已。

過去莫蓋森伯爵曾經喜歡上變成女性的導師，這次換他的兒子喜歡上變成女性的艾爾。

該說是家族的宿命嗎，明明周圍有這麼多美女，卻偏偏喜歡上變成女性的艾爾。

這麼說來，導師以前的同伴曾經說過。

在莫蓋森伯爵家，基本上所有人都是俊男美女。

因此艾爾高大又經過鍛鍊的強壯身材，讓從未看過這種女性的克萊門斯覺得自己遇到了命中注定的對象。

這應該算很常見的事情？

「太好了。」

幸好他不是喜歡上我。

「威爾！你在安心什麼啊！」

「這是難免的吧。」

因為這樣我就不用被克萊門斯追著跑了。

所以當然會感到安心。

「艾爾文小姐聲音也很強健有力，真好聽。」

克萊門斯不斷稱讚艾爾的各方面都很有魅力。

導師和莫蓋森伯爵都露出像在說「這就是宿命……」的表情。

「那個，克萊門斯大人。」

「什麼事？艾爾文小姐。」

「我已經結婚，也有小孩了……」

艾爾已經有遙這個能幹又漂亮的正室，也很快就要再娶另外兩個人。

在這時候多了一個男性追求者，確實是讓人開心不起來。

「艾爾文小姐已經結婚了嗎？」

「所以你還是放棄我比較好。」

艾爾心裡應該也有很多話想說，但對方畢竟是伯爵家的繼承人。

為了讓事情平穩收場，他試著用自己已婚為理由巧妙地婉拒克萊門斯的求婚。

由此可見艾爾身為鮑麥斯特伯爵家的家臣，已經有所成長了。

「妳放心。我會誠心與妳的丈夫溝通。」

「我還有小孩……」

「我會負起撫養和照顧他們將來的責任。但我也想要和艾爾文小姐的小孩。」

「（……沒救了！不管說什麼，他都聽不進去啊！威爾！快想想辦法！）」

「（就算你這麼說……我也不明白是什麼原因讓克萊門斯變得如此執著。對象明明是艾爾。）」

「（我最不想被你這麼說！）」

雖然我也變成了女性，但克萊門斯對我毫無興趣。

不如說，他甚至沒發現我現在是女性。

然而，他卻將艾爾視為女性。

不然也不會向他求婚……

「真是不得了的景象……不過克萊門斯大人必須說服的配偶……一定跟他想像中的完全不一樣吧……」

「是啊……」

亞美莉大嫂端了茶過來想讓大家放鬆一點，並在看見克萊門斯熱情追求艾爾時露出微妙的表情。

其實除了克萊門斯以外，大家的心情都一樣。

「（導師，請你快想想辦法。）」

雖然必須透過特產品的買賣和莫蓋森伯爵建立關係，但也不能把艾爾嫁過去……所以我拜託導師想想辦法。

畢竟是他替我們兩家牽線，所以也該對克萊門斯的古怪行為負責。

「在下嗎？一旦變成這樣就無法挽回了！」

「那個……莫蓋森伯爵？」

「根據我過去的經驗，到某個時刻就會有種大夢初醒的感覺，只能等到那時候了……」

畢竟這個人實際上並沒有和導師結婚。

他後來也沒有和類似的對象結婚，正常地娶了漂亮的妻子。

也就是一時的鬼迷心竅吧。

不對，應該說是年少輕狂吧。

「偶爾會有像這樣的貴族。」

「這樣啊。」

泰蕾絲原本是大貴族，所以認識像克萊門斯這種類型的貴族。

「不只是貴族，人本來就會受到未知存在的吸引，或是追求自己沒有的東西。對克萊門斯來說，他是第一次遇見像艾爾文這樣的女性，所以大受衝擊，並進而產生情愫吧。」

就算是這樣，如果一直維持現狀也很不妙吧？

「威德林，我記得碰龜再過五、六天就會回到平常棲息的河川或沼澤吧？」
「好像是這樣。」
這個世界的甲魚有個幾十年會發生一次的奇特習性……這次的事件很不幸地剛好與那種習性撞期。
「要是能知道碰龜們聚集的地方，應該就能抓到碰龜吧？」
「但沒人知道地點在哪裡。」
我聽說研究院的生物學者已經找了幾十年都沒找到。
雖然琳蓋亞大陸的碰龜不至於全聚集在同一處，而是有幾十個聚集場所，但當然都是在遠離人煙的地方。
至今從未有人發現碰龜的聚集地，所以應該是位於人跡罕至的偏遠地區吧。
「真麻煩。」
我只需要等待就好。
「我已經受不了了！」
「艾爾文小姐，妳想生幾個小孩。」
唔。
該說戀愛真的會令人盲目嗎，克萊門斯完全沒在注意周圍的狀況。
應該說完全沒放在心上。

克萊門斯只是一個勁地向艾爾搭話。

「導師，請你也來幫忙吧。鮑麥斯特伯爵領地內的碰龜一定是聚集在領地內的某處。」

「意思是要在下去找嗎？在下很忙啊。」

「務必拜託了！」

我一個人絕對辦不到，所以只好硬把導師捲進來。於是為了獲得能讓我們恢復原狀的魔法藥原料，我們開始大規模搜索碰龜的聚集地。

＊　＊　＊

「哼——碰龜明明不是魔物，卻聚集在魔物的領域裡啊。難怪漁夫們都找不到牠們的聚集地。」

「鮑麥斯特伯爵，趕緊去抓碰龜吧！」

「（可惡的導師，自己找到聚集地後就變這樣……）」

在鮑麥斯特伯爵領地的東南部，從魔之森往東北方走一段距離的地方，有個不怎麼受冒險者歡迎，平常沒什麼人會去的小規模魔物領域。

因為那裡是溼地地區。

魔物數量也不多，難怪鮑麥斯特伯爵領地內的碰龜會聚集到那裡。
「應該就在這片領域的中央！」
「領域的頭目也是在中央吧？」
這塊魔物領域幾乎都是溼地，所以不適合靠步行移動的魔物居住。
我們進來探索後，到現在都沒遇到魔物。
反過來講就是幾乎不存在碰龜的天敵，這裡確實很適合碰龜們聚集。
「這裡很難走。艾爾文小姐，請妳小心。」
「喔……」
「（為什麼克萊門斯也在？）」
「（大概是想和熱愛的對象在一起吧。）」
在這片寸步難行的溼地，克萊門斯一直在擔心艾爾。
如果只有我、布蘭塔克先生和導師，就能用飛的移動……
「（艾爾……明明不用跟著一起來……）」
「（克萊門斯大人不是冒險者，所以我本來以為只要跟你們一起行動就能擺脫他！結果還是變成這樣了！）」
喜歡上艾爾的克萊門斯目前暫居在鮑麥斯特伯爵官邸，而且他只要一有空就想去找艾爾。
他的父親莫蓋森伯爵在說完「這就像過段時間就會好的疾病，已經無法阻止了。雖然對你們很抱歉……」後，就將克萊門斯託付給我們，自己返回王都了。

就算硬帶他回去王都，要是他後來離家出走反而麻煩，所以我只好無奈地答應照顧他。

形式上是用「讓下一代莫蓋森伯爵留在鮑麥斯特伯爵家學習」當理由。

如果克萊門斯跟去艾爾上班的地方也很麻煩，所以艾爾的工作改成留在家裡陪他聊天，但看來艾爾累積的壓力已經到極限了。

「艾爾文小姐，牽我的手吧。」

「……不用了……」

「啊，這麼說來，艾爾小姐是一名優秀的冒險者吧……我這麼厚臉皮地直接稱呼妳為艾爾小姐……妳會介意嗎？」

克萊門斯羞紅著臉向艾爾問道。

看在旁人眼裡，就是一個純情美少年在努力想和心上人拉近距離，但他心儀的對象是體格宛如女子摔角手的艾爾。

明明長得這麼俊美，為什麼會看上變成女性的艾爾……

導師難得嘆了口氣，但這就是莫蓋森伯爵家背負的詛咒吧。

「叫我艾爾就行了……」

「謝謝妳！艾爾小姐好溫柔，又好有包容力喔。」

包容力？

難道體格高大的人都很有包容力嗎？

克萊門斯今年十五歲，但莫蓋森伯爵家的人身材似乎都很苗條。

身高也比艾爾矮了十五公分左右，所以他才對比自己年長和高大的人……

嗯——包容力啊……

「（伯爵大人，說話果然是一門藝術呢。）」

「（是啊……）」

我隨口附和布蘭塔克先生語帶諷刺的感想。

「（話說你難道沒告訴他你是因為魔法藥才變成女性嗎？）」

「（我當然有說。）」

「（然後呢？結果怎麼樣？）」

「（克萊門斯大人不相信我。）」

克萊門斯無法接受自己喜歡上的女性，其實是被魔法藥改變性別的男性這項事實。

——這一定是騙人的。不對，是因為鮑麥斯特伯爵大人也想娶艾爾文小姐為妻，所以才撒這種謊。畢竟艾爾文小姐實在太有魅力了——

既然他連這種話都講得出來，應該是沒救了。

事到如今，只能盡快讓艾爾恢復成男性了。

當然我也一樣。

「（伯爵大人妻妾成群的事情，這時候反而造成反效果了呢。明明即使是伯爵大人，也不可能會看上艾爾文。）」

當然不可能。

話說我到底被認為有多花心啊？

我再怎麼說都不可能看上艾爾。

更何況他原本是男性。

「（所以得盡快抓到碰龜。）」

「（因為不能丟下那兩人，所以頂多只能浮在空中避免被溼地纏住腳步。）」

艾爾和克萊門斯無法用魔法浮在空中。

因為他們只能在溼地辛苦地緩緩前進，所以我們不得不配合他們。

特別是如果克萊門斯有什麼萬一，就太對不起莫蓋森伯爵了。

這對父子除了對女性的喜好有點特殊以外，基本上既優秀又講道理，是獲得導師和布雷希洛德藩侯認證的好人。

所以只要將艾爾變回男性，讓他清醒就行了。

「話說走到這麼深的地方還沒遇到魔物真是不可思議。」

「所以這裡才不受冒險者歡迎吧？」

除了我們以外，根本沒有其他冒險者在這裡狩獵。

「再往前走一段距離，應該就會抵達那些碰龜所在的中央地區。」

碰龜正聚集在魔物領域內。

為什麼只有棲息在鮑麥斯特伯爵領地內的碰龜們會做出這種事？

我們一抵達領域中央就明白原因了。

中央有一片和湖泊差不多大的沼澤，那裡除了有許多普通的碰龜以外，在沼澤中央還有一隻巨大的碰龜。

「牠就像是碰龜們的老大吧？」

「順帶一提，應該也是這個領域的頭目。」

應該說這塊領域的生物。

就只有那些普通碰龜和巨大的碰龜頭目。

「不對，雖然數量不多，但聽說這裡前陣子還有魔物！」

「大概是被那些碰龜們吃掉了吧。」

布蘭塔克先生解答了我的疑惑。

為了每隔幾十年就會聚集到這裡的碰龜們，那隻巨大碰龜將其他魔物都獵來吃掉了嗎？

「巨大碰龜真會照顧人！」

「所以牠們才會在這裡聚集！就像回娘家一樣！」

「這跟回娘家不太一樣吧？」

在長壽的碰龜當中出現體型特別巨大的個體，然後在魔物領域化為魔物。
那些手下們因為仰慕這種如同長老般的碰龜，所以聚集在這裡。
或許這就是碰龜每隔幾十年就會大移動的真相。
「總之快點抓碰龜回去吧！」
「是啊。」
只要抓一隻就好。
這樣我們就能用牠的肝製作魔法藥，恢復成男性。
就在我們這麼想時……
「伯爵大人，狀況好像不太妙？」
「這是……」
沒想到巨大碰龜居然不只一隻。
總共有幾十隻……不對，我們並未完全掌握在這片跟湖差不多大的沼澤地區棲息了多少巨大碰龜。
說不定有幾百隻……或甚至超過一千隻體長約十～三十公尺的巨大碰龜。
至於從鮑麥斯特伯爵領地聚集過來的普通碰龜……數量則是多到數不清。
牠們接連浮上水面，大約有九成的水面都擠滿了碰龜。
「那個……布蘭塔克先生？」

「根據過往的經驗，還是先撤退比較好。」

「在下也這麼覺得！」

以我們的實力應該能夠輕易穿越巨大的碰龜們，抓一兩隻普通的碰龜回去。

只是感覺這麼做會惹惱巨大碰龜，所以並非上策。

「反正只要再等五天就行了吧？」

「沒錯！等那些碰龜返回原本的棲息地後再抓就好！」

「安全第一呢。」

我們討論後決定放棄抓碰龜，直接撤退。

然而，有一個人無視我們的決定擅自行動。

那就是克萊門斯……

「艾爾小姐喜歡碰龜吧。雖然有點奇怪……但這點也很有個性。請交給我吧。」

克萊門斯說完後，就開始用事先準備好的釣竿進行垂釣。

他打算幫艾爾釣碰龜。

這個人明明是大貴族家的少爺，居然會釣碰龜……

「啊，釣到了。乖乖被我釣起來，上我和艾爾小姐愛的餐桌吧！」

不幸的是，碰龜很輕易就上鉤，克萊門斯也開始將上鉤的碰龜往自己的方向拉。

雖然碰龜試著抵抗，但因為那隻是普通的碰龜，所以輕易就被釣上來了。

「釣到了。我們莫蓋森伯爵家平常很少吃碰龜，真令人期待呢。」

克萊門斯得意地向艾爾炫耀自己釣到的碰龜。

下一個瞬間，發現同伴被抓的巨大碰龜們開始騷動。

我同時感覺到一股殺氣……這應該是來自沼澤中的巨大碰龜。

我、布蘭塔克先生和導師都忍不住冒冷汗。

「布蘭塔克先生，情況是不是很不妙？」

「那當然！不只是大量的巨大碰龜，就連普通碰龜都生氣了。」

「艾爾————！」

「是我的錯嗎？明明是他擅自去釣碰龜……！」

「這種事一點都不重要！快逃吧！」

導師將克萊門斯抱在腋下，直接使用「飛翔」逃跑。

我和布蘭塔克先生也一起抓著艾爾，用「飛翔」逃離現場。

「鮑麥斯特伯爵大人，不可以對艾爾小姐做出下流之舉喔。」

「我才不會那樣做！你給我好好反省自己幹了什麼好事！」

我氣到忍不住對事到如今還在說蠢話的克萊門斯怒吼。

這種狀況不生氣才奇怪。

「伯爵大人，你看那個！」

「好可怕！」

即使我們飛在空中，巨大碰龜們仍不肯放過我們。

牠們的動作和地球的甲魚一樣意外地快，持續以驚人的速度緊追在後。

數量也遠遠超出我們的預料。

巨大碰龜不斷從沼澤深處現身，我們就像正在被一支大軍追逐。

原因就是克萊門斯釣到的碰龜。

這讓我們親身體驗到，原來碰龜在幾十年一次的集合時期絕對不會放棄同伴。

「但只要逃出魔物領域……」

巨大碰龜是魔物，所以應該無法離開領域。

只要繼續用飛的逃跑……

「鮑麥斯特伯爵，你看那個！」

「啥——？」

導師指向巨大碰龜群的後方，我跟著看過去後，發現連普通的碰龜也瘋狂地跟著追逐飛在空中的我們。

「普通的碰龜在魔物領域外也能活動！雖然牠們單體無法構成威脅，但數量實在太多了！」

棲息在鮑麥斯特伯爵領地內的數十萬到數百萬的碰龜群，正持續追著我們跑。

要甩掉牠們並不難，但如果那些碰龜為了尋找我們而持續在鮑麥斯特伯爵領地內高速移動……

「如果讓牠們跑進城鎮就不妙了！」

「的確——————！。」

因為惹惱了一群碰龜導致鮑爾柏格毀滅。

怎麼能讓這種事情發生呢。

既然如此……

「克萊門斯，快把那隻碰龜還給牠們！」

事到如今，只能叫克萊門斯把用來向艾爾獻殷勤的碰龜還回去了。

只要讓他手上的碰龜回到同伴身邊，碰龜們就沒理由追我們了。

「不行。這樣我就不能和艾爾小姐兩人一起享用碰龜料理了。」

「「「什麼——————！」」」

為愛痴狂成這樣也太可怕了。

沒想到連平日理智，被認為適合成為莫蓋森伯爵家繼承人的克萊門斯，都會說出這種蠢話。

「真是的！看來不管說什麼都沒用了！那就失禮了！」

導師硬從克萊門斯手中搶走碰龜，然後還給正全速追逐我們的碰龜們。

接著碰龜們像是完全不在意我們般，放棄追擊。

「呼，導師，託你的福得救了。」

「導師大人，你太過分了。虧我那麼期待和艾爾小姐一起共進碰龜料理。」

「「「……」」」

克萊門斯的誇張言論，讓我們只能傻眼。

最後因為未能抓到群聚的碰龜，我和艾爾確定得再當五天的女性，但我並不覺得這樣有什麼不方便……

「非常不方便吧！這樣我要怎麼辦？」

「艾爾是鮑麥斯特伯爵家的重臣，趁現在累積應付克萊門斯的經驗也很重要。」

「太過分了！居然直接捨棄我！」

「再忍耐五天就好。」

「這世界上有些事情終究是無可奈何！」

「怎麼這樣……」

「艾爾小姐，雖然我們一起享用碰龜料理的計畫被迫取消，但今晚一起在鮑爾柏格的餐廳共進晚餐吧。」

「……」

「妳是在害羞嗎？艾爾小姐真可愛。」

「「「……」」」

我們這次獲得的教訓是絕對不能對每隔幾十年聚集在一起時的碰龜出手，以及莫蓋森伯爵家的男子容易因為年輕氣盛而失控，在與其來往時要小心應對。

這次真的是吃了不少苦頭。

＊＊＊

「看來你們都恢復了。雖然我這個天才本來就不可能失誤。」

「「……閉嘴……」」

「唔！對不起……」

雖然我們很不幸地遇到了數十年一次的碰龜大集合，但五天後我們順利抓到返回棲息地的碰龜，貝肯鮑爾先生也成功製造出讓我和艾爾恢復成男性的魔法藥。

我和艾爾在順利恢復成男性後，靜靜對在我們面前自吹自擂的貝肯鮑爾先生展露怒氣。

尤其是艾爾。

我被變成女性並沒有什麼不方便——雖然艾莉絲她們有點不開心——但這也是無可奈何。

反倒是艾爾因為一直被熱戀中的克萊門斯追著跑無法工作，還被羅德里希告知接下來一個月都無法休假。

他在被變成女性的那一個星期裡也不是在休假，而是一直在應付像跟蹤狂的克萊門斯，所以身心俱疲的他確實有權利對貝肯鮑爾先生動怒。

「既然你已經恢復成男性，莫蓋森伯爵家那個看女人的眼光很怪的繼承人應該也會放棄。這不是很好嗎？」

這個人的性格真的很差勁。

難怪會做出那種魔法藥。

「結果克萊門斯還是不相信艾爾是暫時變成女性的男性。」

「但我現在是男人。就算是克萊門斯大人應該也會放棄……」

我們本來是這麼認為……但事情卻朝出乎意料的方向進展。

「艾爾小姐其實是男性嗎？」

「沒錯。只是被捲入奇怪魔法藥造成的意外。」

「艾爾小姐是男性……」

看來他似乎大受打擊。

克萊門斯在聽完艾爾的說明後，沮喪地垂下肩膀。

然而——

「或許艾爾小姐真的是男性！但我對妳是真心的！對了。只要用那個魔法藥把我變成女性就沒問題了！製作者是魔導公會的貝肯鮑爾先生吧！艾爾小姐！請妳等我一下！」

「「咦？」」

克萊門斯氣勢洶洶地跑去找貝肯鮑爾先生，他之後似乎每天都跑去貝肯鮑爾先生的研究室，要求對方替自己製作能變成女性的魔法藥。

但要是對莫蓋森伯爵家的繼承人使用這種藥，就算是貝肯鮑爾先生也一定會完蛋。

雖然他不斷拒絕，但還是被克萊門斯纏了好一陣子。

「這是報應吧。」

「一切都逃不過神的法眼。」

艾莉絲非常自然地說道。

我被變成女性後，她有整整一個星期不能以妻子的身分陪在我身邊，所以似乎對貝肯鮑爾先生累積了許多不滿。

「威爾，幸好你變回來了。」

「威爾變成女性實在有點……」

露易絲、伊娜和其他妻子們也都很開心，真是太好了……

「威爾大人，那個人恢復正常了嗎？」

「那個人？克萊門斯嗎……我覺得那應該就跟發燒差不多。」

「這次真的有夠慘。」

在艾爾變回男性後，他改說只要自己變成女性就沒問題了。

雖然不曉得他是怎麼做出這個結論，但這樣的狀態不可能長期持續下去。

過了一陣子後，我們就從莫蓋森伯爵那裡收到克萊門斯已經清醒，順利和非常漂亮的未婚妻結婚的聯絡。

「但他的小孩將來又會……」

「威爾！別說這麼可怕的話！」

「不過感覺他家就是那樣。」

難保克萊門斯的兒子未來不會再重蹈覆轍。

我和艾爾決定要將這件事謹記在心。

第三話　莉莎與黑歷史

「莉莎小姐，有妳的信。」

「謝謝妳，亞美莉小姐。是我老家寄來的……」

某天，亞美莉大嫂將寄到鮑麥斯特伯爵官邸的信轉交給大家。

莉莎也有收到信，而且好像是她老家寄來的。

莉莎經常收到過去的冒險者同伴寄來的信，但難得收到來自老家的信。

她有跟老家報告已經和我結婚生子的事情，但因為她的老家非常遠，其實我還沒見過她的家人。

莉莎除了父母以外還有一個弟弟，不曉得他們是什麼樣的人？

就在我這麼想時，莉莎在看完信後向我搭話。

「老公，我想讓父母看看勞拉……」

「的確。妳的父母住在很遠的地方，還是安排一個這樣的機會比較好。」

「莉莎小姐的故鄉在哪裡啊？」

「我出生在一個位於王都和北部國境中間的小村子。那裡是個弱小準男爵的領地。」

莉莎向亞美莉大嫂說明自己的故鄉。

我之前也有聽說過，她和亞美莉大嫂的狀況其實還滿像的。

不過論故鄉的偏僻程度，應該是沒人能贏我和卡琪雅。

「我還不想讓勞拉外出，所以還是請父母，還有我的弟弟來比較好。」

「那我去接他們比較快。」

雖然我不知道莉莎故鄉的具體位置，但可以用「瞬間移動」飛到附近後，再去帶她的父母和弟弟回家。

這樣應該就行了。

「老公，不好意思麻煩你特地跑這一趟。」

「沒事，這不算什麼。」

孩子們出生後，其他妻子的家人和親戚都來看過小嬰兒了。

所以莉莎這麼做應該也沒問題。

「那麼，具體的位置是在哪裡？」

「呃，是在這裡。」

莉莎在地圖上指出自己故鄉的位置。

「這一帶的話，我有去過附近那個貴族的領地，所以先用『瞬間移動』再用『飛翔』就能抵達。然後再直接從那裡用『瞬間移動』回來就行了。」

這樣以後就能直接用「瞬間移動」前往莉莎的故鄉，她也可以定期回去。

「事情就是這樣，我稍微出門一下。」

我和莉莎一起前往過去曾用「瞬間移動」到過的貴族領地，再用「飛翔」飛去她位於附近的故鄉。

「就是這裡。很鄉下對吧。」

「我老家也是差不多的感覺……」

抵達莉莎的故鄉後，我發現那裡給人的感覺就是一個悠閒的鄉下農村。

接著她帶我去她家，那裡看起來就像個普通的農家。

「（叩叩。）」

「來了————！」

莉莎一敲門，一個頭髮顏色和莉莎一樣的青年就立刻出來應門。

青年的長相和莉莎有點相似，應該是她弟弟吧。

「那個……我們不接受推銷。」

「咦————！我是你的家人吧！」

莉莎的弟弟不知為何沒有發現訪客是自己的親姊姊。

他以為是推銷員，差點就要把門關起來。

「咦？家人？」

「我是莉莎。」

「啊————！真的是莉莎姊！我們十五年沒見了吧……妳沒穿那身誇張的衣服我都認不出來了。」

「原來如此……」

就算是莉莎，也不可能從小就打扮得那麼誇張。

雖然這也是理所當然……

看來是因為她久違地恢復原本的打扮，她弟弟才沒認出自己的親姊姊。

「里道爾，我總不能結婚生子後還穿成那樣吧。」

「說得也是。我逐漸回想起莉莎姊在離開家之前，還很正常時的模樣了。姊姊以資優生的身分進入王都的冒險者預備校念到畢業，在正式成為冒險者後回家鄉時的打扮……真的非常令人震撼。媽媽當時差點被妳嚇到昏倒呢。」

「……確實發生過這種事呢……」

畢竟離家時還很正常的女兒，才過一年就變成那個樣子。

「妳今天回來有什麼事嗎？」

「我想讓爸爸和媽媽看一下我的女兒勞拉。」

「妳該不會真的和鮑麥斯特伯爵大人結婚生子了吧……」

這位弟弟，你居然這樣懷疑自己的姊姊。

怎麼可能會有人謊稱自己和大貴族結婚並生下女兒……

通常如果要說謊，應該會用自己是和普通人結婚這種模稜兩可的說法吧。

「因為還不能帶勞拉外出，所以我想請你們來一趟鮑爾柏格。」

「這樣啊……我去叫他們……爸！媽！莉莎姊真的結婚了！她沒有騙人！還帶了一個像鮑麥斯特伯爵大人的人過來！」

「……」

弟弟進去家裡叫父母時，同時暴露了他們全家都懷疑莉莎是否真的結婚生子的事實。

考慮到她以前的打扮和舉止，會這樣想也很正常。

「莉莎……那個……只要讓他們親眼看到勞拉……」

「……」

雖然是自己種下的因，但居然連報告自己結婚的信都被家人懷疑……

我開始認真思考該怎麼安慰莉莎比較好。

＊　＊　＊

「女兒啊……我的外孫女看起來真可愛。」

「就是啊，親愛的。真不知道該怎麼感謝鮑麥斯特伯爵大人。」

「鮑麥斯特伯爵大人真是我們家的救世主。」

「……（有這麼誇張嗎？）」

不只是生女兒的事情，他們甚至還懷疑她是否真的結婚了。

即使如此，當我用「瞬間移動」帶莉莎的父母和弟弟來到位於鮑爾柏格的官邸看勞拉後，他們還是開心地對她又抱又哄。

即使世界不同，外公外婆都還是會疼愛外孫女。

「哎呀，今天辛苦你們遠道而來。還帶了這麼多土產過來。」

「這個水果酒真好喝！」

因為行程剛好重疊，我只好把導師和布蘭塔克先生也帶了過來。

他們好像找我有事。

莉莎的老家雖然是農家，不過是大規模經營的富農。

他們在山坡上種植山葡萄等水果，同時也有經營釀酒事業，這次也帶了許多水果酒給我們當禮物，而這兩個人沒經過我的允許就擅自喝光了那些酒。

我是不介意啦……

「雖然里道爾已經有兩個小孩了，但我們原本以為莉莎會單身一輩子……真是太感謝鮑麥斯特伯爵大人了。」

「畢竟莉莎以前的打扮和言行是那個樣子……」

莉莎偶爾回老家時，似乎都是用那個打扮和家人見面。

她應該可以臨機應變，先暫時換回離開故鄉前的打扮吧？我忍不住這麼想。

「莉莎姊以前根本無法跟我和爸爸以外的男性說話……」

這麼說來確實有這件事。

我想起莉莎剛放棄那個誇張的打扮時，根本無法和我以外的男性對話。

是因為我用魔法贏過莉莎嗎？

父親和弟弟則是因為是家人吧。

「莉莎姊離開故鄉前，被認為是值得期待的魔法天才。但她無法和家人以外的男性對話……」

無論魔法再怎麼厲害，這樣都會對日常生活造成妨礙。

「雖然我比莉莎姊小一歲，但我記得莉莎姊以前總是跟在我的後面。」

莉莎的弟弟開始講起她以前的事情。

「小時候年齡相近的小孩不是都會一起玩嗎？我和莉莎姊當然也會加入他們，但莉莎姊無法和男生說話。我就像是她的翻譯一樣。」

住在附近的那些一起玩的男生如果有話想跟莉莎說，就會先告訴弟弟。

然後弟弟再去告訴莉莎。

接下來換莉莎把回覆的內容告訴弟弟。

最後弟弟再去跟那些男生轉述莉莎的回答。

「聽起來很麻煩呢。雖然好像也有這種類型的遊戲。」

「就是啊，如果不這麼做，莉莎姊就無法和我以外的人對話……」

露易絲說這就像傳話遊戲一樣，莉莎的弟弟也表示贊同。

「小時候的狀況大概是這樣，等長大以後……」

「情況有稍微好轉嗎？」

「不，正好相反。」

莉莎的弟弟乾脆地回答伊娜。

「不如說就連和我跟父親以外的男性待在同一個地方都有困難……莉莎姊當時就已經展現出魔法的才能，並開始練習。能夠好好使用魔法的人不是很罕見嗎……」

莉莎只要一開始練習魔法，就會有許多人去圍觀。

然而，她並沒有因此習慣男性，不如說情況反而更惡化了。

「如果在白天練習魔法就會有男性聚集過來……雖然女性也會來看，但仍有一半的觀眾是男性。之後她就改在晚上練習魔法。」

幸好莉莎老家的山坡上種植著山葡萄等水果酒的原料。

那裡常出現想吃水果的害獸，莉莎就這樣透過討伐牠們持續進行魔法訓練。

「雖然我們的作物損失因此變少，還能獲得獸肉與毛皮，但莉莎逐漸被村民們稱作『深夜的魔女』。」

「原來如此……」

「暴風雪莉莎」的原點是「深夜的魔女」啊。

在深夜偷偷使用魔法，等黎明時周圍只剩下一堆害獸的屍體……

雖然她是在做好事，但看起來可能會有點可怕。

「因此莉莎姊十四歲時，就說想去王都的冒險者預備校學習魔法。」

既然故鄉因為太偏僻而沒有冒險者預備校，那乾脆去魔法師人數最多的王都鑽研魔法。

於是莉莎將目標定為進入王都的冒險者預備校就讀。

「但不論是魔法師或預備校的學生，都有一半是男性吧？」

「資優生要接受考試和面試。面試官大部分是男性。而且預備校不會派人去外地進行審查，所以考試都是在王都的預備校舉行。」

艾莉絲和薇爾瑪說得沒錯。

既然如此，莉莎到底是如何前往冒險者預備校所在的王都，並在那裡接受資優生的考試呢？

「因為她是『深夜的魔女』……」

根據莉莎弟弟的說明，她後來是用長袍遮頭蓋臉隱藏外表，深夜從家裡前往王都。

她趁夜晚路上沒人……應該說沒有男性時移動，白天就在沒人的地方露宿。

明明住旅館會比較輕鬆和安全……不對，旅館通常會有男員工，所以沒辦法吧。

雖然露宿給人的感覺很危險……但以莉莎的魔法實力，襲擊她的人反而比較危險。

「莉莎姊在幾天後抵達王都，於深夜入侵預備校。因為她事先有透過信件和校方聯絡，所以只有當天負責考試的面試官都是女性。」

「預備校做事真有彈性呢。」

「這很正常！畢竟是優秀的新手魔法師！」

面對艾爾的疑問，導師表示這是理所當然的事情。

魔法師，特別是有機會成為上級魔法師的人才就是如此貴重。

「面試官們在發現深夜闖入預備校，突然在考試時間現身的大姊頭時應該很驚訝吧。」

「與其說是魔法師，更像是間諜或刺客，在瑞穗的話就是忍者吧？」

「確實給人這種感覺。」

我們在心裡贊同卡琪雅和伊娜的意見。

「但就算難得通過考試，在校生活也會很辛苦吧？」

就在大家聊得愈來愈起勁時，端茶過來的亞美莉大嫂表示這樣就算通過資優生考試，之後應該也會很辛苦。

「所以後來才會變成之前那副打扮。雖然莉莎姊平常會用長袍的兜帽遮住臉，但只要周圍有男性就會讓她受不了。既然靠東西遮擋自己沒有用，就只能遠離有男性在的地方了，不過這樣又會妨礙到預備校的課業。」

即使是資優生，不去上課還是無法畢業。

根據莉莎弟弟的說明，她苦惱了許久後，才想到打扮成之前的那個樣子。畢竟不太可能讓魔法師班級變成男女分班，這個世界也無法像地球那樣進行遠距離教學。

「話雖如此，她離開家去上預備校時，還是以前的打扮。」

這部分確實完全符合「深夜的魔女」這個感覺很中二病的外號。

莉莎的家人好像也在深夜替她送行……

「她在預備校畢業前有回老家一次，但當時已經是那副打扮……我們當然是非常傻眼……村民們也一樣……」

莉莎的弟弟一想起當時的事情，表情就變得像失了魂一樣。

畢竟一年沒見的姊姊，居然換上了那樣的服裝……

「之後她就一直是那副打扮……諷刺的是，她因此變得能跟我和爸爸以外的男性正常說話了。媽媽則是哀嘆『這樣莉莎一輩子都嫁不出去了』。」

以前的打扮是難以靠近男性，那個誇張的打扮和性格則是會讓男性對她敬而遠之，所以不管怎樣都無法結婚。

感覺能夠體會莉莎母親當時有多苦惱。

雖然她現在正開心地抱著孫女勞拉。

「所以我現在親眼確認過後，真的很感動！沒想到莉莎姊結婚生子的事情，並不是她個人的幻想！鮑麥斯特伯爵大人真是位慈悲為懷，宛如教會祭祀的『聖人』般的人物呢！」

「那個……我知道你很開心，但還是別再說下去了……」

和開心地哄外孫女勞拉的父母不同，莉莎的弟弟獨自發表誇張的感言，這讓艾爾忍不住基於善意勸他別再大聲嚷嚷。

雖然莉莎現在個性安分許多，但她的忍耐還是有個限度，所以最好別惹她生氣……艾爾是因為擔心才提出忠告。

「不！作為一個弟弟，再也沒什麼比這更令人開心的事情了！要是莉莎姊直到三、四十歲都還打扮成那副丟臉的樣子……就算是魔法師，那個年齡穿那樣還是太勉強了！她每次回家時，旁人看得也很辛苦！我的妻子也曾難以啟齒似的對我說『你姊姊實在有點……』但現在已經可以放心了。所以我覺得再也沒什麼比這更令人開心的事情了。就讓鮑麥斯特伯爵大人的偉大功績，在我的故鄉長久流傳下去吧！讓大家知道你把『深夜的魔女』變回正常人！好痛！啊啊！我的腳！」

「所以我不是跟你說了……」

艾爾看著莉莎的弟弟嘆了口氣。

現在的莉莎確實不會輕易變得激動，但不表示她不會生氣。

就算脾氣比以前好很多，也不等於絕對不會生氣。

「不如說變得比以前還要難看出她在生氣。威德林，你要去救他嗎？」

「我不要，太可怕了。」

「我想也是……伯父，伯母。兩位今天就住下來吧……畢竟令郎看起來暫時沒辦法動了……」
「腳好冰！啊啊！上次變這麼冰是小時候丟青蛙到莉莎姊床上的時候了！」
誰叫他一直暴露莉莎的黑歷史。
莉莎剛才乍看之下是一直難為情地低著頭，實際上她的怒氣已經爆發了。
她將弟弟的腳整個凍住。
泰蕾絲見狀便判斷他暫時無法行動，建議莉莎的父母今天住下來。
「謝謝妳的關心。」
「莉莎也已經很有媽媽的樣子了呢。」
莉莎的父母似乎也覺得兒子真的說過頭了。
他們刻意忽視腳已經結凍的兒子，直接前往客廳。
我也裝作沒看見莉莎的弟弟，跟在他們後面離開。

「嘻嘻！」
「哇嗚————」
「啊————嗚————」
「雖然腳好冰，但周圍有這麼多可愛的小嬰兒……能讓你們開心真是太好了。」
弟弟在腳上的冰融化之前，就這樣被留在原地，化為逗腓特烈他們開心的擺設。

「鮑麥斯特伯爵大人，魔法真是方便呢。」

「是啊，居然一瞬間就移動了這麼長的距離。」

「雖然莉莎姊也是個厲害的魔法師，但鮑麥斯特伯爵大人比她更厲害呢。」

＊　＊　＊

隔天，我送莉莎的家人們回家時，他們都對莉莎不會用的「瞬間移動」感到驚訝。

在一般情況下，這個世界的人只能靠雙腿、馬車或魔導飛行船移動，但這些都要耗費大量的時間或金錢。

所以他們對不需要付出這些代價的魔法讚不絕口。

「下次請務必來我們家作客。」

「我們會準備冰涼的水果酒。」

我在莉莎老家前面和他們聊了一會兒，正準備回家的時候，突然有一名貴族來訪。

莉莎的老家是準男爵領地，就算有貴族也不奇怪。

因為對方的年齡看起來和莉莎差不多，或許是本地領主的繼承人。

「這位不就是……傳聞中的鮑麥斯特伯爵大人嗎？我是布魯嫩準男爵家的繼承人羅德尼。」

地方的貴族家當家通常要到年邁時才會退休，所以就算有他這種年紀的繼承人也不稀奇。

「羅德尼大人，您今天有什麼事嗎？」

「是跟今年的徵稅有關的事情，我是來確認作物的狀況和水果酒的品質與行情。我想先大致估算一下納稅額。」

在主要產業是農作物或農業加工品的貴族領地，稅收往往會因為作物的品質和行情大幅變動。如果不事先估算稅收，後續可能會產生許多困擾。

從這點來看，這位羅德尼應該是個優秀的地方貴族繼承人。

他面對有納稅義務的領民時表現得不卑不亢，更重要的是，他還想早點預估稅收作為分配預算的參考。

愈鄉下的領主愈傾向等收到稅後再來考慮這些事情……以前的鮑麥斯特騎士爵家就是如此。

「你們剛外出回來嗎？」

「是的，羅德尼大人應該也知道，我們是去見莉莎嫁給鮑麥斯特伯爵大人後生的女兒。」

「莉莎啊……嗯，我有聽說這件事……（雖然不曉得是不是真的……畢竟是那個莉莎……）真是太好了呢。」

羅德尼……你小聲說的話都被聽見了……

話說他流了好多冷汗，他和莉莎之間曾發生過什麼事情嗎？

「（啊！該不會！）」

羅德尼和莉莎以前說不定曾有過婚約，或是曾有人試圖將他們湊成一對。

莉莎是個優秀的魔法師，對這個準男爵領地來說應該是相當珍貴的人才。

若是如此，就表示我搶走了羅德尼的未婚妻？

「（這樣好像有點不妙？他可能會叫我把勞拉嫁給他兒子作為補償……但勞拉的婚約已經定下來了。而且這件事要保密……）」

我的孩子天生就具備魔力，所以早就被王國高層的那些骯髒大人定好了婚約。

萬一羅德尼起了貪念──雖然當然只能在保密的情況下拒絕──我這邊就麻煩了……

「那個……關於莉莎的事情……」

「莉莎嗎？不，我一點都不在意！雖然以前確實曾發生過類似的事情，但我一點都不在意！」

羅德尼似乎察覺我擔心的事情，激動地表示不需要在意。

我是很感激，但感覺他的臉色逐漸變得蒼白，冷汗也愈流愈多……

不如說他是不想和莉莎扯上關係……該不會？

「（里道爾，請問羅德尼和莉莎……）」

「（啊，是要問婚約的事情嗎？他們有過婚約喔。）」

考慮到莉莎作為魔法師的實力，這是理所當然的事情。

根據莉莎弟弟的說明，莉莎在從預備校畢業並成為一名活躍的冒險者後，羅德尼的父親──這裡的領主──曾來提議讓兩人相親。

「（領主大人和羅德尼大人都是理智又溫柔的人，所以我們告訴姊姊至少和人家見一次面。雖然我多次在信上提醒莉莎姊……）」

——這次回家要和領主的繼承人相親，所以絕對別再打扮成那樣！我說真的！聽好了，這可不是在開玩笑！絕對要打扮成普通的樣子回來！——

但莉莎的弟弟最後還是白費工夫，莉莎直接用那個打扮回家，參加和羅德尼的相親。

「（畢竟莉莎無法用普通的打扮和男性說話，所以這也無可奈何吧？）」

「（如果是那樣，那不如安靜待著還比較好……莉莎姊可是用那個打扮和態度去相親……）」

她一看到有人上茶就說「想喝酒」，然後直接從魔法袋裡掏出酒來喝；看到只有茶點就抱怨怎麼沒有下酒菜，然後開始吃從魔法袋裡拿出來的肉乾。

小孩子也知道這樣相親不可能成功。

「（所以羅德尼大人很不擅長應付莉莎姊。）」

「（這樣啊……）」

幸好莉莎留在家裡照顧勞拉，沒有一起跟來。

沒想到又揭露了一段她的黑歷史……

「……鮑麥斯特伯爵大人，你真是位勇者。」

「是嗎？」

感覺這是因為羅德尼對莉莎的印象，和我對莉莎的印象相差極大。

不如說明明發生過那樣的事，真虧莉莎的家人們沒將她逐出家門。

光從這點就能看出羅德尼和他的領主父親都是好人。

「我們領地的特產是水果酒。如果你之後有空，歡迎再來。」

「我一定會再來。」

「……不用特地帶莉莎過來……不對，最好是別帶她……應該不可能吧……也請務必帶莉莎過來。」

「好……」

雖然我沒有聽說詳情，但看來羅德尼心裡留下了很深的陰影。

這讓我體認到雖然莉莎的家人在看過勞拉後放心了，但莉莎的名譽應該還要花很長的時間才能恢復。

第四話　私奔盒與兩人的其他可能性

「哎呀，難得看你在這個時間休息。」

「偶爾也會有這種時候。」

某天下午，我無所事事地度過悠閒的時光。

雖然不只是因為孩子們出生了……但羅德里希最近一直拚命使喚我去開發領地。

偶爾能有一天像這樣悠閒度過也不是什麼壞事。

亞美莉大嫂看見我這樣後，過來向我搭話。

大概是覺得我在這個時間休息很稀奇吧。

「我來泡壺茶吧。」

「啊，我的份也麻煩妳了。」

「我知道了。」

此時，或許是剛好有空檔。

艾爾也出現了。

他跟著在客廳找了個位子坐下，拜託亞美莉大嫂幫忙泡茶，然後將一個小盒子放在桌上。

「艾爾，那個盒子是什麼？」

「這個啊。鮑爾柏格的城鎮不是正在興建住宅區嗎？」

「確實有這件事。」

我之前才去那裡用魔法整地，所以也知道這件事。

「有個有錢的大叔想蓋一間附地下室的住宅，結果在挖地下室時挖出了這個東西。」

「是什麼貴重的古代出土物嗎？」

「看起來不太像呢。」

艾爾拿來的盒子乍看之下是個用各種木片拼湊成的工藝品，外表有著醒目的馬賽克花紋。

看起來就像箱根的土產店會賣的機關盒。

我立刻拿起來摸索了一下，但看起來無法確認盒子的內容物。

「（機關盒是要怎麼打開啊？）」

我小時候曾在收到這種禮物時打開過……我記得要滑動盒子的側面……不過動不了呢。

難道是方法不正確？

「以從土裡挖出來的盒子來說，外表還滿乾淨的。明明應該已經埋在土裡很長一段時間，該不會是魔法道具吧？」

「我一開始也這麼認為，但那個盒子最後被判斷不是魔法道具。好像是因為完全感覺不到魔力。」

艾爾如此回答亞美莉大嫂的疑問。

「既然完全感覺不到魔力，應該就是這樣吧。」

魔法道具的能量來源是魔力，就算能量耗盡也會殘留些微的魔力反應。

現實上不可能有完全感覺不到魔力的魔法道具。

所以警備隊的人們和艾爾最後都判斷這個沒有魔力反應的盒子不是魔法道具。

艾爾只覺得是挖到了一個稀奇的玩具吧。

「真令人在意裡面裝了什麼。」

亞美莉大嫂在納悶的同時，開始摸索那個盒子。

不過她也打不開。

或許只是因為我覺得那像機關盒才以為能打開，實際上只是一塊外表有馬賽克花紋的木頭而已。

「威爾，這個看起來打不開呢。」

「既然如此，就只是個擺飾吧？」

就在我也跟著探出身子，將手伸向亞美莉大嫂正在摸索的盒子時，盒子的側面突然變得能夠滑開。

「「打開了！」」

到這裡為止都還好，但我看見了。

在盒子裡面充滿了宛如黑洞般的黑暗。

同時也能探測到大量的魔力。

「這個盒子該不會！」

通常無論是什麼魔法道具，從外側都不可能完全感應不到魔力。

所以即使魔法道具內藏的魔晶石魔力耗盡，或是長年沒有啟動，依然能靠殘留的些微魔力判斷是魔法道具。

「是能將魔力完全封印在內部的魔法道具……」

雖然外表看起來只是普通的小木盒，但其實這是相當精密……而且很不妙的魔法道具！

警備隊裡也有魔法師，但他們的水準全都只有初級，也不熟悉魔法道具。

他們應該是因為無法從這個盒子中感覺到魔力，才判斷這不是魔法道具。

「威爾？」

「這很可能是相當不妙的魔法道具……！」

糟糕！

我們離盒子太近了！

從盒子裡的黑暗中伸出的漆黑之手，就這樣抓住了我的手。

我連忙想要甩開，但黑色的手沒有實體。

大概是能用肉眼看見的魔力。那隻手抓的不是我的身體，而是體內的魔力。

所以當然甩不掉。
一股強大的力量將我拉進盒子裡。
「威爾！」
「艾爾！不要碰我！」
我已經確定會被拉進盒子裡。
所以艾爾現在有個重要的任務。
他必須去通知艾莉絲等人，還有羅德里希和布蘭塔克先生，向他們說明狀況。
尤其是年長且經驗豐富的布蘭塔克先生，或許會知道這個盒子是什麼。
我有很高的機會獲救。
但如果連艾爾也被拉進盒子，就沒有人能夠說明狀況了。
「我明白，但也可以讓亞美莉小姐……」
「艾爾文先生，我也沒辦法了。」
沒錯，亞美莉大嫂剛才也在盒子旁邊，所以也被黑色的手抓住了。
亞美莉大嫂不是魔法師，但這個世界沒有完全不具備魔力的人。
她也無法逃離黑色的手。
「威爾，對不起。都怪我不小心打開這個盒子……」
「如果我們繼續摸索這個盒子，遲早會發生相同的事情。」

大概會換成我打開這個盒子。

因為這個盒子的開法真的和機關盒一樣。

「威爾！」

「根據我的預測，這應該不是會傷及性命的魔法道具。快跟艾莉絲她們報告狀況……」

「艾爾文先生，拜託你了。」

我們說完這些話後，就再也無法抵抗那些黑色的手。

我和亞美莉大嫂就這樣被黑手拉進盒子內的黑暗當中。

艾莉絲她們、羅德里希、布蘭塔克先生還有導師（？）應該會設法救我們出去吧。

＊　＊　＊

「嗯……」

「老爺，該起床了。」

「再睡十分鐘……」

「不行喔，老爺。早餐已經準備好了。」

「什麼！早餐！」

「威爾……老爺只要聽見早餐就會立刻起床呢。」

「因為是亞美莉大嫂做的早餐啊。」

「很高興聽你這麼說。」

這裡是位於赫爾穆特王國最南端的鮑麥斯特騎士領地。

我在這棟宅第──其實這個家沒大到能被稱作宅第──的寢室被亞美莉大嫂叫醒。

年紀輕輕就突然當上領主的我，每天都忙著處理各種事。

雖然感覺沒什麼關係，但我早上都不太容易起來。

所以亞美莉大嫂會來叫我起床。

她現在是我的──應該說是鮑麥斯特騎士爵家的侍女長。

雖說是侍女長，但這座宅第裡只有住我們兩個人。

其他侍女都是領地的婆婆們，平常只會以打工的形式來完成必要的工作。

亞美莉大嫂以侍女長的身分統率她們，不過現在的鮑麥斯特騎士爵家並沒有多少需要侍女做的工作。

其實給領民們工作讓他們有錢賺，就類似一種公共事業。

如果只是要照顧我，光靠亞美莉大嫂一個人就夠了。

「今天的早餐看起來也很好吃。我開動了。」

我整理了一下儀容後到餐廳吃早餐，如果只有我一個人吃會太無趣，所以亞美莉大嫂也會陪我一起享用早餐。
在一般的貴族家，侍女根本不能和領主一起吃早餐，但如果貴族有分等級的話，鮑麥斯特騎士爵家絕對是接近墊底，更何況這棟宅第裡只有我們兩個人，所以不會構成問題。
今天的早餐有麵包、湯、用山菜和蔬菜做的沙拉、炒珠雞蛋、山豬肉培根、茶和切好的水果。
「味道濃厚的珠雞蛋真的很好吃呢。我在老家時沒什麼機會吃到。畢竟珠雞蛋價格昂貴，平常又很難抓到珠雞。威爾真的很厲害呢。」
「因為我會用魔法啊。」
至於為何我這個貴族家的當家，會和擔任侍女長的大嫂一起吃早餐呢？
這其中當然有個很大的原因。
我原本是鮑麥斯特騎士爵家這個鄉下貴族家的八男，但後來繼承了父親的偏僻領地。
為什麼不是由排行較前面的哥哥，而是由八男擔任當家呢？
這是因為鮑麥斯特騎士領地內之前爆發了傳染病，出現了許多死者。
鮑麥斯特騎士爵家的家族更是犧牲慘重，只有我和亞美莉大嫂倖存。
原本的繼承人科特哥哥和亞美莉大嫂的婚禮，邀請了所有領民一起參加。
然而伴隨嫁來這裡的亞美莉大嫂一起進入鮑麥斯特騎士領地的邁巴赫家的家臣們，似乎原本就生病了，導致傳染病在來參加婚禮的人們當中蔓延開來。
我那時候才剛學會使用魔法。

當然也無法使用治癒魔法——不是完全不會用，只是對傳染病無效——雖然我利用前世的知識替大家看病，但最後還是出現了許多犧牲者。

運氣好沒有染病的老神官用藥草熬的藥只能緩和症狀，雖然那樣已經很有幫助，但最後還是有超過百人因病去世。

尤其是那些初期就離患者很近，早早就出現症狀的家庭，犧牲更是慘重，丈夫在婚禮剛結束就臥病在床的亞美莉大嫂，根本沒有餘力享受新婚生活。

她和我一起寸步不離地照顧生病的家人們，但預定將成為她丈夫的科特哥哥最終還是去世了。

不僅如此，就連預定在婚禮後離開領地的埃里希哥哥他們也接連病逝，讓我受到很大的打擊。

我變得無法再像以前那樣對老家的事情不聞不問，還沒整理好心情就成了鮑麥斯特騎士爵家的下一任當家。

其實六男華特和七男卡爾也還活著，但他們都是父親的情人，也就是名主的女兒蕾拉生的孩子。

他們無法成為繼承人，於是華特入贅到侍從長家，卡爾繼承了名主家。

年僅六歲的我則是成了鮑麥斯特卿。

幸好我在婚禮前跟師傅學了魔法，所以即使我還只是個孩子，依然能靠「飛翔」去向我們領地的宗主——布雷希洛德藩侯報告現狀。

他感嘆地說「威德林……不對，鮑麥斯特卿。我來當你的監護人吧」，真的是幫了我很多忙。

之後我就開始以鮑麥斯特騎士爵家當家的身分，認真開發和統治領地。

幸好我還保留了前世的記憶。

不然無論是多聰明的孩子，都不可能六歲就當領主。

至於一宮信吾這個人是否適合當領主，又是另一個問題了。

「在威德林大人長大成人之前，我會協助您統治領地。」

幸好克勞斯作為一個文官也很能幹。

我任命他為家宰，將統治領地的工作交給他後，就開始拚命用魔法狩獵動物、開墾土地、擴展田地和挖掘水道。

這些工作能當成魔法訓練，領民們也因為擁有寬廣的田地，可以不用讓孩子們到外地找工作。

有些原本到外地工作的領民因此回來家鄉，布雷希洛德藩侯也從山的對面送了一些移民過來。

「雖然要花一個月以上的時間跨越利庫大山脈，但只要移民鮑麥斯特騎士領地就能獲得已經開墾好的廣大田地。」

這些傳聞吸引了許多移民，因為傳染病減少的人口不僅在短期內恢復，後續的嬰兒潮和移民潮還讓人口持續增加。

我進一步開發領地，現在新增的土地已經是父親去世前的十倍以上。

其實南方邊境全都算是鮑麥斯特騎士領地，只是至今一直沒有餘力開發。

在我這個小孩繼承當家之位後，開發領地的事業反而有了爆發性的發展。

這也是件諷刺的事情。

「謝謝款待。」

「不客氣。威爾，你今天的行程……好像也不用特別問呢。」

「我今天的工作是狩獵許多動物，擴大人類生活的領域，在那些地方整地修路，還有擴展田地和水道。」

不過我預定在中午前完成這些工作。

克勞斯會過來交報告書，我確認完那些文件後就能休息了。

自從當上領主後已經過了八年。

今年十四歲的我，每天幾乎都在工作。

就連克勞斯都為我擔心，定期會像這樣讓我放半天的假。

不過這也是沒辦法的事情。

雖然殺傷力不及魔物，但未開發地的動物一樣巨大又凶暴，只要稍微放鬆警戒，牠們就會入侵人類的居住地。

我平常會派擔任侍從長的華特哥哥，和領地內的獵人及健壯的年輕人一起去狩獵，但如果太勉強他們導致有人受傷，會讓能用的人手變少。

所以會用魔法的我，每天都必須去威嚇那些動物。

避免牠們進入人類的領域。

難怪父親過去對擴展領地這件事十分消極。

「亞美莉大嫂，我出門了。」

「威爾，路上小心。」

我在亞美莉大嫂的目送下，以「飛翔」飛到領地的最南端。

「果然有啊……」

明明昨天才獵了好幾隻，今天又跑來一堆。

我讓許多地上的石頭浮到空中，當成子彈射向動物們。

石頭子彈貫穿動物們，將牠們屠殺殆盡。

「結束了。」

我在幾個地方重複這項舉動，讓動物們放棄進入領地內。

然後用魔法袋回收打倒的動物，帶回領地內的某棟建築物。

「領主大人，今天也是大豐收呢。」

「拜託你們了。」

「交給我們吧。」

我獵到的動物都是在這棟建築物解體。

將肉和內臟分給領民們當食材後，我將鞣製過的毛皮放回魔法袋裡。

我每個月都會去布雷希柏格賣掉這些毛皮。

因為移民們在作物收成前都沒有食物，所以分肉和內臟給領民也是一種救濟措施。

克勞斯認為我人過天真，不過也因為我幫移民們準備了狀態良好的田地，所以預定第一年就會開始徵稅。

克勞斯表示移民中一定會摻雜著一些懶惰鬼、暴力分子和欠缺協調性的人。

那些只貪求我發的肉而沒有認真耕田的人，後來都被毫不留情地流放。

因為這項工作是交給克勞斯執行，所以新的移民們都非常怕他。

我則被認為是個溫柔的領主。

「抱歉了，克勞斯。」

「為什麼要道歉？」

「我把討人厭的工作都推給了你。」

我將獵物放在解體設施後，回到宅第確認克勞斯提交的報告書。

父親和科特哥哥以前似乎都沒看，但無論克勞斯再怎麼優秀，如果領主沒有掌握這些關鍵資訊，克勞斯未來或許會失控。

有必要讓雙方都維持一定的緊張感。

「這點程度的事情，我一點都不覺得辛苦。在大家接連死於傳染病時，我本來還在感嘆鮑麥斯特騎士領地的末日到了。然而託威德林大人的福，如今鮑麥斯特騎士領地別說是重新振作，甚至還發展得更加興盛。領民們的表情也恢復了光彩。對一個沒死成的人來說，我從來沒想過能度過這麼幸福的餘生。」

「克勞斯，你應該還沒那麼老吧。」

「雖然我還沒打算死，但鮑麥斯特騎士領地還是讓大家喜歡溫柔的領主大人，討厭嚴格的我比較能取得平衡。如果對領民們太好，就連前陣子才好不容易擺脫貧困走到今天這一步的人，都會跟著得意忘形。這就是人類的可怕之處。」

這方面的經驗，我還是比不過克勞斯。

光是討好領民，並無法讓領地運作。

「威德林大人會好好看報告書，也會針對自己注意到的地方提出問題。讓寫報告書的人覺得寫起來很值得。」

報告書裡摻雜了許多難懂的國字。

父親和科特哥哥應該是看不懂……要是埃里希哥哥還活著該有多好……

那樣的話，我就沒必要當領主了。

「稍微換個話題……」

「……」

克勞斯最後跟我提起了一件需要思考的事情，但那件事並不急著馬上處理。

我開始休睽違了一個星期的半天假。

「請用。今天的點心是蜂蜜塔喔。」

鮑麥斯特騎士領地是缺乏娛樂的鄉下。

我利用為數不多的空閒時間，和亞美莉大嫂一起來到打理過的庭院擺好桌椅，享用她準備的茶和點心。

至於其他的休閒時間，大部分都是用來釣魚。

「威爾明年就成年了呢。」

「這麼說來，確實是這樣。」

來到這個世界已經九年了。

雖然我一直在拚命開發鮑麥斯特騎士領地，但威德林的這個身體也要成年了……

「成年後，就必須去王城正式繼承爵位。」

「是啊。」

布雷希洛德藩侯似乎跟國王報告了我年僅六歲就成為當家，以及如果少了我，領民們會很傷腦筋的狀況，於是國王將繼承爵位的儀式延遲到我成年之後舉行。

等儀式結束後，我就必須結婚。

之所以會覺得十五歲結婚太早……是因為我原本並非這個世界的人。

從王國的大人物們和布雷希洛德藩侯的角度來看，不如說他們希望我立刻就結婚。

這是因為如果我突然去世，鮑麥斯特騎士領地的狀況會變得很麻煩。

如果我有小孩，就可以直接讓那個孩子成為下一任當家。

布雷希洛德藩侯前陣子還難得說了「希望我能早點成人」這種強人所難的話。

聰明的布雷希洛德藩侯當然知道我的生日不可能改變。

這表示他就是如此焦急。

「那個年幼的威爾要結婚啦……看來我也上了年紀。」

丈夫在婚禮後就立即病逝的亞美莉大嫂，繼續留在鮑麥斯特騎士領地是有原因的。

他們已經正式舉辦過婚禮，在世人的眼裡她已經是鮑麥斯特家的人。

另一個原因是她的老家表示「不吉利的女人不可能有辦法再婚」，所以不准她回家。

明明把疾病帶來這裡的是和亞美莉大嫂同行的家臣，但邁巴赫家根本不聽她解釋。

亞美莉大嫂今年二十五歲。

這個年齡在日本就算未婚也不稀奇，但在這個世界已經算是錯過了結婚的機會。

「不曉得你的妻子會是什麼樣的人？啊，我到時候還是搬出去比較好吧。不然你的妻子會很不自在。」

「這妳不用擔心。亞美莉大嫂想在這裡住多久都行。而且我真的有必要勉強和連見都沒見過的貴族千金結婚嗎？」

就算現在發展得比較好了，這裡仍是隔了一座利庫大山脈的最南端的邊境。

貴族千金應該無法適應這裡的生活……

「威爾是鮑麥斯特騎士爵家的當家。本來就應該娶其他貴族家的人為妻。」

「這樣啊……」

因為我是貴族，所以只能和貴族千金結婚。

至少我的正妻必須是貴族……不對，等一下！

「我只要娶亞美莉大嫂為妻就行了吧！」

「我、我嗎？我不行啦！」

「但亞美莉大嫂是邁巴赫騎士爵家的女兒。」

這樣應該符合條件。

所以沒有問題。

「你也考慮一下年齡差距！而且我一直都把自己當成威爾的姊姊……」

「如果是親姊姊當然會造成問題，但我和亞美莉大嫂並沒有血緣關係。所以沒問題。」

「可是……」

「亞美莉大嫂不願意嗎？」

「……不是不願意……不如說我很開心……」

「那就這麼辦吧。我的妻子就決定是亞美莉大嫂了。我會去說服布雷希洛德藩侯。」

「……威爾真是太強硬了。」

「這塊領地不能沒有我。而這是我個人的希望。」

「不過，謝謝你。這樣我們就能繼續一起生活了。」

我也非常開心。

亞美莉大嫂也是貴族的女兒，而且應該沒有大貴族會在意領地位於最南端邊境的貴族要娶誰當妻子。

我打算就這樣繼續在鮑麥斯特騎士領地和亞美莉大嫂過著快樂的生活。

＊　＊　＊

……裂開！

「咿！艾莉絲姑娘……？」

「哎呀，這個杯子好像已經用太久了。得換個新的才行……」

「艾莉絲，杯子才不會這麼容易壞。更何況是被握破…………不對，這是常有的事！」

「我說艾爾。這是怎麼回事？就連性格溫厚的我都忍不住生氣嘍。」

「你怎麼可以隨便帶奇怪的東西回來。」

「跪下！」

「咿呀！」

「遙小姐，請妳教艾爾文先生正式的跪坐方式。」

「我知道了！」

「丈夫的失誤，也是妻子的責任。」

「外行人怎麼能靠簡單的鑑定就判斷不是魔法道具呢？對吧，大姊頭。」

「真是太沒常識了。得好好警告警備隊才行。對吧，羅德里希先生。」

「是，莉莎大人說得沒錯。」

「老師！居然被關在這麼小的盒子裡……但看起來好幸福。」

「啊——我也想一起進去。」

「辛蒂，大家心裡應該都是這麼想的。」

情況非常不妙。

艾爾這個臭小子！

那些警備隊的人也一樣。

居然因為出土的古老物品沒有魔力反應，就擅自認定不是魔法道具。

在古代魔法文明時代的魔法道具中，可是有完全感應不到魔力的物品……

而且伯爵大人還在摸索那個東西時打開了盒子。

結果那兩人正在盒子裡卿卿我我。

我們之所以能得知盒子內的狀況，是因為我在得知情形後立刻通知貝肯鮑爾，讓他帶需要的魔法道具過來。

用纜線將附有特殊裝置的水晶球和盒子連在一起後，就能映照出盒子裡的其他世界的樣貌。

貝肯鮑爾剛才順利啟動了水晶球，艾莉絲在看見水晶球上映照出的景象後勃然大怒。

雖然她臉上依然掛著笑容，但手上的杯子已經裂開，情緒激動到連導師都不敢惹她。

「原來如此。雖然上次看到已經是四十二年前的事情了，但這個『私奔盒』的效果真是驚人。可以收集到不錯的資料……咳！必須盡快救他們兩人出來才行。」

貝肯鮑爾這傢伙。

馬上就燃起了研究者的好奇心。

如果你繼續說這種話，就算艾莉絲她們連同上次的事情一起找你算帳，把你狠狠揍一頓也不能有怨言喔。

「布蘭塔克大人，這個影像裡的老師和亞美莉小姐是怎麼回事啊？老師怎麼成了鮑麥斯特騎士爵家的繼承人？」

「簡單來講，這算是一種虛擬世界體驗裝置。詳細的說明……」

「就交給熟悉魔法道具的我來解釋吧。」

我在向艾格妮絲說明的同時看向貝肯鮑爾，讓他代替我繼續說明。

這傢伙不看氣氛的個性總算第一次派上用場。

這樣就能讓他幫忙承受艾格妮絲她們的怒氣。

「這個魔法道具叫『私奔盒』。是赫赫有名的伊修柏克伯爵的作品。這個盒子內部連結其他空間，打開盒子的兩人會在那個空間裡展開虛擬生活。那個世界會以被關在裡面的兩人的記憶為材料，改造成一個最能讓他們建立良好關係的世界。」

因為是對兩人的關係最有利的世界，所以伯爵大人的家人全都病死，亞美莉也只有保留和科特結婚的設定，但在新婚初夜前就成了寡婦。

伯爵大人在年幼時就成為鮑麥斯特騎士爵家的當家——雖然現在叫他伯爵大人也有點奇怪，但換其他稱呼也很麻煩就算了——然後努力開發領地，亞美莉以類似姊姊的立場辛勤地照顧他。

兩人的關係逐漸加深，最後伯爵大人終於向亞美莉求婚。

這樣艾莉絲她們當然會生氣。

「威爾真是的。他就這麼喜歡那種姊姊的感覺嗎？又不是伊娜平常偶爾會看的書。我的話感覺有點像妹妹，或許也合他的口味？」

「露易絲，現在不是說這種話的時候吧……貝肯鮑爾先生，威爾和亞美莉小姐都不會覺得盒子裡的世界不對勁嗎？」

冷靜的伊娜立刻詢問貝肯鮑爾盒子內的狀況。

「這就是這個私奔盒的可怕之處，只要被關進盒子裡的特殊空間，兩人的記憶就會配合那個世界產生改變，不會覺得有哪裡不自然。」

換句話說，伯爵大人和亞美莉現在沒有意識到盒子裡的世界是虛假的。

「那之後會變怎麼樣？」

「有個古老的報告書曾提及這個神奇的魔法道具，據說這個私奔盒頂多只能將人關在裡面一個月。因為是每隔幾百年才會挖到一次的稀有品，所以現在只查得到很久以前的資料，不過兩人從盒子裡出來後當然會變得更加親密。」

畢竟都在會全力撮合兩人的世界待一個月了。

「布蘭塔克，這個盒子裡時間流逝的速度和外界不同，即使現實世界只有一個月，兩人主觀上可能已經一起生活了好幾年。而且是在維持親密關係的情況下。當然，兩人一回到外界就會發現盒子裡的世界並非現實。但在盒子裡度過的那幾年，會讓兩人的關係親密到再也不能沒有彼此。我說得沒錯吧？」

「為什麼會有這種魔法道具？」

薇爾瑪詢問這種盒子的存在意義。

我也很想知道答案。

「這原本似乎是給貴族用的商品。有人向伊修柏克伯爵訂製了這樣的道具。」

「該不會是為了和心上人培養感情？」

「不，這位紫色的夫人，是為了更現實的理由。」

「你叫誰紫色的夫人啊！」

貝肯鮑爾，該說你一點都沒變嗎……

你還是一樣無法記住自己沒興趣的人叫什麼名字。

我聽說你前陣子才把泰蕾絲大人和艾格妮絲她們稱作情人，然後挨了耳光。

卡特琳娜好歹也是名貴族……

「在古代魔法文明時代末期，整個社會的風潮是偏向一夫一妻制。」

「我不太能理解。這樣萬一家族絕後怎麼辦？」

貴族還真是在乎家族的存亡呢……

所以他們才會為了以防萬一，多娶幾個老婆。

「只能說當時的社會風氣就是那樣。總而言之，對當時的貴族家來說，夫妻關係圓滿和確實留下子嗣是很重要的事情。」

「所以才會需要能強制讓夫妻感情變融洽的魔法道具啊。雖然聽起來很合理，但真虧有人能做出那種魔法道具呢。」

「前菲利浦公爵大人。古代魔法文明就是有辦法做出那種先進的魔法道具。而伊修柏克伯爵更是其中的佼佼者。」

「那個……為什麼你叫泰蕾絲小姐『前菲利浦公爵』，卻叫我這個現任威格爾準男爵『紫色的夫人』啊？」

「然後，關於這個魔法道具……」

「不要無視我！」

卡特琳娜姑娘，他一直都是這種傢伙，認真應付他只會徒增麻煩。

適當地忽視他吧。

「簡單來講，等他們過一個月從盒子裡出來後，會變得非常親密吧。」

「雙馬尾的夫人，應該會變成妳說的那樣吧。」

「……」

我說你啊……

至少也叫一下人家的名字。

卡琪雅都愣住嘍。

「那不是很不妙嗎？」

「是啊，非常危險呢。」

「是嗎？卡琪雅和莉莎都想太多了吧？如果永遠出不來是很傷腦筋，但一個月應該還在容許範圍內……」

「伊娜大人！這是絕對無法容許的狀況！」

畢竟羅德里希正在盡情用各種方式利用伯爵大人開發鮑麥斯特伯爵領地……

如果伯爵大人一個月都不在，他當然會很傷腦筋……

「羅德里希先生，實際上我們現在就是沒有救出威爾的方法，所以只能接受現實。」

的確，目前沒有其他方法能讓伯爵大人他們提早離開盒子。

「那卡琪雅和莉莎是對什麼事情產生危機感？」

「雖然亞美莉小姐對外的身分是鮑麥斯特伯爵家的侍女長，但實質上和我們一樣都被當成妻子吧？」

「大家不是也都接受了。」

亞美莉在丈夫幹出蠢事後被剝奪了貴族身分，是伯爵大人救了她。

一般來說在這種情況下，不可能還有辦法讓自己的孩子在成年後成為貴族，所以她一定是用自己的身體籠絡了伯爵大人。

貴族們擅自以自己的習慣和作法接受了這樣的故事，但伯爵大人原本就很喜歡大嫂，亞美莉也喜歡這個小叔所以樂見這種發展，這在鮑麥斯特伯爵家算是公開的祕密。

「如果他們兩人一起在盒子裡待好幾年，一定會變得更加親密。還是盡快救他們出來比較好。」

「莉莎小姐？」

「伊娜小姐，妳試著想像一下那兩人離開盒子後的狀況。」

「想像……啊！」

伊娜似乎也注意到莉莎擔心的事情。

我也察覺了。

簡單來講，情況很可能會變成這樣——

「威爾！為什麼你都只和亞美莉小姐在一起，不陪我們？」

「就算你們這麼說……我和亞美莉大嫂的身心早已深深結合在一起。對吧，亞美莉大嫂。」

「伊娜，對不起。因為威爾說只要有我就好……」

「亞美莉大嫂。」

「你要再來一杯茶對吧。請用。」

「這杯茶的濃度剛剛好。不愧是亞美莉大嫂。」

「艾莉絲她們或許是覺得說『我好寂寞……想要生第二胎』這種話會顯得太沒教養，所以最近都沒找你去寢室……」

「腓特烈他們都順利長大了，所以沒什麼關係吧。孩子比我少的伯爵也很多……而且亞美莉大嫂會幫我生小孩吧。」

「我年紀已經很大了……」

「不用擔心。我母親也是過了四十歲後才生下我。而且我們最近每天晚上都在努力，一定很快就會有小孩。」

「威爾，你這樣讓人家好難為情。」

「那個……」

「伊娜，我不會和妻子們離婚。所以妳們表面上可以繼續裝成我的妻子。但我真心喜歡的只有亞美莉大嫂一個人。」

「威爾……」

「伊娜，事情就是這樣。」

唉……我也不是白白活到這麼老和累積許多經驗。

我對能輕易想像出這種結局的自己感到可悲。

簡單來講，這個盒子或許會害鮑麥斯特伯爵家分崩離析……也不一定。

是能夠讓夫妻關係降到冰點的地獄般的魔法道具。

原來如此。

我總算理解為什麼這個能讓貴族的年輕夫妻變恩愛的魔法道具會被稱作「私奔盒」了。

如果不小心讓毫無關係的兩人被關進盒子裡，那兩人一離開盒子就會變得恩愛……若其中一方已經結婚，就會跟新的對象私奔。

這種稍微有點拐彎抹角的名稱，也是伊修柏克伯爵特有的命名方式……

「我的腳都麻了……可以不要再跪了嗎……」

「艾爾文，再稍微忍耐一下。」

畢竟這都要怪你把這種東西帶回來……

考慮到你犯下的過錯，光下跪就能解決已經算是很好了。

「（艾莉絲她們現在別說是情緒緊繃，根本是快氣炸了，你還是安靜跪著吧。這樣最安全。）」

「布蘭塔克先生，沒那麼誇張…………我還是繼續跪著吧。」

艾莉絲她們試著想像過了一個月，伯爵大人因為那個盒子變得只愛亞美莉一個人的狀況後，就一齊逼近了解那個盒子情報的貝肯鮑爾。

她們散發的魄力加起來，就連導師都忍不住畏縮。

「貝肯鮑爾先生，我們等不了一個月。請你提供能立刻將威德林大人和亞美莉小姐從盒子裡救出來的方法。」

「有時候等待也是有必要的。以魔法道具來說，盒子本身就是非常貴重的研究樣本。繼續觀察它的運作狀況，將來才能讓魔法道具變得更加進步。研究總是必須伴隨著犧牲……咿！」

「貝肯鮑爾先生，我們是在拜託你盡快將威德林大人從盒子裡救出來。這是鮑麥斯特伯爵的妻子們共同的願望喔。」

艾莉絲她們露出燦爛的笑容，但眼神完全沒在笑。

貝肯鮑爾這個笨蛋！

在這種狀況下，怎麼可能還有辦法研究那個盒子。

還是快點救伯爵大人和亞美莉出來，帶盒子的殘骸回去吧。

那樣還是能當成研究資料。

「我只想知道接下來該怎麼做？」

「目前知道的是即使不等一個月，也能靠強大的力量破壞盒子。」

「這樣裡面的威爾他們不會有危險嗎？」

真不愧是伊娜，就連這種時候也能冷靜地擔心伯爵大人。

「另一個空間並非存在於盒子裡。盒子是和通往其他空間的入口連在一起。所以只要讓盒子內部稍微接觸到外界的空氣，就會變得無法繼續維持空間，讓那兩人回到原本的世界。以前的資料是這麼寫的。」

貝肯鮑爾屈服於艾莉絲她們的魄力，開始提供盒子的情報。

簡單來講，就是只要用暴力破壞盒子就行了。

「不過……」

「不過什麼？」

這麼做當然也會有其他問題。

如果只要破壞掉就能解決問題，這個盒子就不會被視為危險物品。

「這個盒子沒那麼容易破壞。」

「既然是個木盒，用魔法燒一下就行了吧？聽你的說明，就算這麼做也不會害威德林先生他們被燒傷吧。」

「重點是要破壞盒子，讓盒子內部和外面的空氣接觸。無論以何種方式破壞都不會對裡面的人造成影響，但這畢竟是古代魔法文明時代的遺產。並非普通的木盒。我的意思是要破壞這個盒子非常困難，反正一定會是白費工夫，不如乾脆等一個月。」

「這樣只有亞美莉能被寵愛，實在太不公平了！如果我們之後不再被威德林需要，你要怎麼負責？」
居然能讓泰蕾絲大人說到這個份上……伯爵大人果然厲害。
與此同時，就連碰巧挖出來的奇怪小盒子都能讓他被困進去，可見他的霉運也是貨真價實的。
「負責？」
「泰蕾絲說的沒錯。我們這些妻子應該被平等地寵愛，老公一直以來也都是這麼做的。」
「沒錯。就這樣等一個月，會讓大家覺得不公平，很可能對未來造成不好的影響。」
「所以妳們打算怎麼做？」
貝肯鮑爾，你在關鍵的地方還真是遲鈍……
「艾莉絲，這些成員應該辦得到吧。」
「當然是要破壞這個盒子。」
卡琪雅姑娘和莉莎都一樣。
兩人幹勁十足地想破壞盒子。
她們向艾莉絲如此提議。
「沒錯，如果有辦法實現，當然要以破壞為最優先的手段。」
「不過各位夫人。請盡可能不要破壞這個盒子……這個研究素材對未來的魔導技術發展非常有幫助，身為貴族，有時候也必須忍耐……」
「（貝肯鮑爾這個大笨蛋！）」

那是現在最不能說的話！

「讓威德林大人被困在裡面一個月的損失比較大吧。魔導技術最近都沒什麼突破，但鮑麥斯特伯爵領地最近託威德林大人的福，發展得極為快速。」

「沒錯。就算讓魔導公會解析那個盒子，頂多只也能讓你們用魔法陣召喚別人的內衣吧。」

「只要讓威爾工作，就能確實讓鮑麥斯特伯爵領地變得更加繁榮。至於只會開發召喚內衣魔法陣的研究者口中所說的研究，實在是沒什麼說服力……」

「簡單來講，你根本一點用也沒有。」

「唔呃！」

看吧。

你果然只會被翻舊帳和遭到嚴厲的批評。

大家正面臨可能失去伯爵大人寵愛的關鍵時刻，你還是用盒子的殘骸忍耐一下吧。

「真拿妳們沒辦法……不過就算想破壞這個盒子，一般的攻擊可是傷不了它一分一毫喔。所以我才建議妳們等一個月。」

「我不能接受只有威德林先生和亞美莉小姐在裡面卿卿我我，真是太令人羨慕了……總而言之！必須要公平才行！」

「這種事可是很重要的。會構成家庭突然失和的原因。」

「大家也討厭家人間的關係因此變得尷尬吧。」

「這樣的貴族家也很多。鮑麥斯特伯爵家沒有這種問題非常值得慶幸。」

「然而，貝肯鮑爾先生卻要我們等一個月？」

「……我是無所謂啦……只是我的魔法根本傷不了那個盒子分毫。畢竟那可是伊修柏克伯爵的作品。」

或許是被艾莉絲皮笑肉不笑的笑容嚇到了。

貝肯鮑爾總算同意破壞盒子。

「強大的攻擊力啊……我專攻治癒魔法所以無計可施。要是能用『過度治癒』就好了……」

「這只是個木盒，不是『樹木』。所以應該沒用吧。」

貝肯鮑爾，算我拜託你，講話稍微委婉一點吧。

「既然如此，就麻煩舅舅使用『魔導機動甲冑』吧。」

「在下嗎？總算輪到在下出場了！」

因為剛才一直在討論嚴肅的話題，所以導師像是覺得事不關己般拚命享用茶和點心，但他似乎從一開始就在等待登場的機會。

他立刻起身，拿著盒子走向庭院。

「導師？」

「需要到寬敞的地方！在下會用全力的一擊，將這個盒子砍成兩半！」

「從研究資料的角度來看……是希望能避免砍成兩半的狀況……」

貝肯鮑爾，你差不多該放棄了。

何況那個盒子原本就不是你的東西……

「那麼，在下去一趟鮑爾柏格的近郊！下次見到在下時，這個盒子一定已經被砍成兩半了！」

「不愧是舅舅。」

「放心交給在下吧！艾莉絲！」

導師說完後，就帶著盒子用「高速飛翔」從庭院飛往鮑爾柏格近郊。

「導師一定沒問題啦。」

「畢竟單論攻擊力，他或許稱得上是世界第一。」

露易絲和伊娜目送導師飛往鮑爾柏格近郊破壞盒子後，表情像是鬆了口氣。

不過……

我身為老手的直覺，讓我有種不好的預感……

希望這只是我的錯覺。

「怎、怎麼可能……」

「舅舅？」

「在下耗盡所有魔力……也只能讓這個盒子受到一點輕微損傷。」

「咦——！連導師也沒辦法？」

「盒子上只有多了一點小缺口和焦痕。」
「這真的是木製品嗎？」
我不好的預感應驗了。
我們急忙趕去現場後，發現因為魔力耗盡而無法繼續維持「魔導機動甲胄」的導師，正氣喘吁吁地躺在草原上。
關鍵的盒子只有表面稍微受損。
從有些地方燒焦了來看，導師也有試過火柱魔法。
「居然連導師都只能留下這麼一點小缺口。真是個可怕的魔法道具。」
導師擁有與伯爵大人相當的魔力，但就算他持續攻擊到魔力耗盡，也只能換來這樣的結果。
難怪卡特琳娜姑娘會如此驚訝。
「喔喔！真是太棒了！一切都跟古老資料說的一樣！只要研究這個盒子的外部，或許就能用木材做出比金屬耐用的優秀魔法道具！真是太棒了……咳！」
只有不會看氣氛的貝肯鮑爾一個人，在確認了盒子的堅固程度後興奮不已，但他立刻感覺到艾莉絲等人的視線並安靜下來。
「艾莉絲小姐，怎麼辦？」
「即使只有一點小缺口，也是救出威德林大人的第一步。只要繼續擴大缺口，最後應該就能在上面開出一個洞。」

「說得也是！好！」

「需要攻擊得很精準吧！我也來幫忙！」

「我很擅長這種事。」

「我要用戰斧攻擊。」

「比起火魔法，還是用高密度的『風刃』擴大缺口比較好吧。」

「原來如此。看來莉莎的戰術是正確的。本宮也會一起努力。」

之後在艾莉絲的指揮下，伊娜姑娘用灌注魔力的長槍擴大缺口，露易絲姑娘也難得使用附利爪的手甲，和使用巨斧的薇爾瑪一起攻擊盒子上的缺口，卡琪雅使用雙劍，泰蕾絲、莉莎和卡特琳娜則是使用威力強大的「風刃」，她們反覆以這種方式擴大缺口。

「我一定要用老師教的魔法救出他們！」

「集中精神……集中精神……」

「如果我成功救出老師……嘿嘿嘿……」

艾格妮絲、辛蒂和貝緹她們也鼓足了幹勁……但都是白費力氣……

目前對這個盒子施加的魔力總量和攻擊，已經夠毀滅一座小城鎮了，但盒子上的缺口只有稍微變大一點點。

這個盒子真是堅固得可怕。

「這簡直就像是鮑麥斯特伯爵大人和那位叫亞美莉的女性之間的羈絆……以這個缺口的深度來看，再努力一個星期應該就能成功。」

「「「「「「「「……」」」」」」」」

雖然有辦法破壞盒子，但果然很花時間。

話說貝肯鮑爾。

在這件事情解決之前，你可以先閉嘴嗎？

＊　＊　＊

「你、威德林・馮・班諾・鮑麥斯特，願意發誓愛你的妻子亞美莉一輩子嗎？」

「是的，我發誓。」

「妳，亞美莉，願意發誓愛你的丈夫威德林・馮・班諾・鮑麥斯特一輩子嗎？」

「是的，我發誓。」

「那麼，請交換誓約之吻。」

我在十五歲的生日，於鮑麥斯特騎士領地內的教會和亞美莉大嫂舉辦婚禮。

當天幾乎所有領民都來恭喜我和亞美莉大嫂結婚。

幸好我事先為婚禮結束後的派對準備了大量獵物和食材。也用魔法釀造了大量的酒。魔法在這種時候真的很有用。

現在我的家人和村子裡的女性們正在製作各種料理，招待領民們。

雖然能吃到大餐也是原因之一，但大家都是衷心在祝福我和亞美莉大嫂結婚。

「領主大人，亞美莉大人，恭喜兩位結婚。我代表所有領民祝賀兩位。」

「謝謝你，克勞斯。」

「謝謝你，克勞斯先生。」

我和亞美莉大嫂的年齡差了一大截，所以我本來以為務實的克勞斯會反對我們結婚，但他看著亞美莉大嫂的肚子，露出發自內心的笑容。

「畢竟鮑麥斯特騎士爵家的繼承人即將出生。我這個人很務實，所以當然贊成這場婚事。」

說來真是不可思議。

我在十五歲前，也就是在舉辦婚禮前就和亞美莉大嫂發展成那種關係，雖然最後算是「奉子成婚」，但最在乎這種事情的克勞斯卻第一個祝福我們。

他似乎認為和鮑麥斯特騎士爵家的繼承人即將誕生這件事相比，在婚禮前就懷孕並不是什麼大不了的事情。

原來如此。

克勞斯確實比誰都要務實。

「希望亞美莉大人之後能再多生幾個小孩。不然站在我的立場，就得向領主大人多推薦幾位女性了……」

「放心吧。我們還會生更多小孩。」

坦白講……我對其他女性沒什麼興趣。

我只要能和亞美莉大嫂一起度過美滿的婚姻生活就夠了。

「實際上，布雷希洛德藩侯大人也不單純是個溫柔的人。最好不要讓他逮到破綻。」

克勞斯說完後，看向兩名少女。

因為地處偏遠，所以其他貴族很難來參加鮑麥斯特騎士領地舉辦的婚禮，但布雷希洛德藩侯還是派了兩名正在當冒險者的陪臣女兒當代表，過來參加婚禮。

那兩名少女分別叫伊娜和露易絲。

「他是那個意思嗎？」

「那兩人既是陪臣的女兒又是冒險者，正好適合在鮑麥斯特騎士領地生活。畢竟氣質優雅的貴族千金，應該難以適應這裡的生活。」

所以才挑了能當冒險者的陪臣之女啊。

「因為是陪臣的女兒，所以地位比亞美莉大人低。布雷希洛德藩侯大人是刻意挑選能被您收為側室的人選吧。」

「嗯——應該不需要吧？」

「那只要假裝沒發現就行了。就像我剛才說的那樣，希望你們兩位能多生幾個孩子。」

「這點不用擔心。對吧，亞美莉大嫂？」

「我會努力。」

雖然對那兩個少女——伊娜和露易絲很不好意思，但我只要有亞美莉大嫂就夠了，不需要其他女人。

希望她們享受完婚宴後，就能回布雷希柏格。

＊　＊　＊

「……」

「那個……伊娜小姐……這並非伯爵大人和亞美莉的真心話，是魔法道具的功能讓他們陷入那樣的狀況和思考。」

「……哇——我和伊娜終於登場了……」

「露易絲，不用勉強裝出開心的樣子。」

「我們能在盒子裡的世界和威爾相遇，已經算是很好了吧？」

「那我們在這個世界會變成怎樣？」

破壞盒子需要時間。

因為今天已經把魔力用光了，我們暫時回到官邸。

貝肯鮑爾那個笨蛋還是一樣不會看氣氛，打算在盒子被破壞前繼續研究，他將之前的水晶球和盒子連線後，發現盒子裡已經過了一段很長的時間。

伯爵大人在成年後和亞美莉舉辦婚禮，接受鮑麥斯特騎士領地的領民們衷心的祝福。

伊娜和露易絲總算以布雷希洛德藩侯代理人的身分出現，但伯爵大人並沒有看上她們。

說來殘酷，但這也是盒子刻意營造的結果。

要是她們因為忘了這件事而失控就麻煩了，所以我拚命安撫她們。

「原來如此。是像這樣參考被關進去的兩人的記憶，在其他空間製造出類似的世界。伊修柏克伯爵真是天才。連我都比不上他。」

雖然我們已經認識很久了，但這個傢伙真的很不會看氣氛，腦袋裡只有研究的事情。

艾莉絲她們……看起來好可怕！

貝肯鮑爾這個大笨蛋……他到底是沒發現，還是刻意假裝沒發現呢？

「那個……我的腳已經麻到沒感覺……當我沒說……」

艾爾文今天也繼續跪坐表示反省，他本來想問艾莉絲能不能休息，但連忙打退堂鼓。

畢竟他是讓伯爵大人碰到盒子的始作俑者。

我頂多也只能叫他再忍耐一下。

「我也會出現在盒子裡的世界嗎？」

「應該不會吧。畢竟威爾在盒子裡的世界並沒有去王都。」

「說得也是。連我和伊娜都變成那樣。」

雖然是發生在盒子裡的虛構世界，但伯爵大人和亞美莉奉子成婚，在領地內舉辦了婚禮。

他只有在參加繼承爵位的儀式時會去王都，所以很可能不會遇見艾莉絲。

「各位，盡快破壞這個盒子吧。」

「贊成！」

「我也贊成！」

「這是當然。」

「盒子裡的世界畢竟和作夢差不多。還是讓他早點清醒比較好。」

「亞美莉居然露出那麼幸福的表情。真令人羨慕……」

「與心愛的人結婚，在偏遠的鄉下貴族領地過悠閒的生活。這是大貴族常有的夢想呢。」

「但夢想終究是夢想。還是要讓老公回到現實世界。」

她們不是面帶笑容就是態度冷靜，反而讓人覺得可怕。

如果讓這個夢境持續一個月，就算之後順利逃出這個盒子，伯爵大人也很可能會變得只愛亞美莉一個人。

可惡的伊修柏克伯爵，居然做出這種東西。

「既然如此，今晚就早點休息儲備魔力吧。」

「在下今晚想喝酒！而且從明天開始還有其他行程！」

「請您取消。我今晚會泡舅舅喜歡的花草茶。一定能讓您滿意。您應該不會有什麼不滿吧？」

「……在下！在鮑麥斯特伯爵離開盒子前，都會拚命努力！」

「不愧是舅舅。真是慈悲為懷。」

居然能讓導師害怕到這種地步……

看來這次的事件真的讓艾莉絲非常生氣。

「布蘭塔克先生，接送的事情就拜託你了。」

「好……」

我的工作是在大家為了破壞盒子而耗盡魔力後，送大家回去。

至於為什麼我不拒絕這個工作呢？

就連導師都無法拒絕艾莉絲那個皮笑肉不笑的笑臉。

我怎麼可能有辦法拒絕？

那樣做實在太可怕了！

這下可以明白如果伯爵大人的妻子們之間的關係，因為盒子而失去平衡，會比遇到魔物來襲還要棘手。

藩侯大人，看來我暫時無法返回布雷希柏格了。

回去後就要馬不停蹄地工作……暫時無法休假了……

可惡！

那個盒子不曉得能不能快點壞掉？

＊＊＊

「亞美莉大嫂，腓特烈呢？」

「他睡得很熟，女僕們正在照顧他。」

「偶爾這樣也不錯呢。」

「是啊。」

時間在鄉下的貴族領地靜靜地流逝。

我和亞美莉大嫂結婚，生下繼承人腓特烈，克勞斯和領民們表示「這麼一來，鮑麥斯特騎士領地就安泰了」，並開心地恭喜我們。

我和亞美莉大嫂今天休息，於是來到領地內的草原野餐。

腓特烈還是小嬰兒，所以今天留在家裡。

等他再長大一點後，再帶他來這裡吧。

我吃完亞美莉大嫂準備的便當後，躺在她的腿上休息。

我每天都忙著開發領地和狩獵，偶爾像這樣悠閒一下也不錯。

雖然外出野餐不像是貴族會做的事情，但反正這裡是位於南部邊境的鄉下領地。

沒有人會對我們的行動指指點點。

「畢竟威爾每天都要處理很多工作。」

「是啊。但我並不覺得辛苦。」

領地順利擴大，想要田地的領民們都能順利獲得土地。

因為只要來鮑麥斯特騎士領地就一定能獲得田地，許多人跨越利庫大山脈移民來這裡，以他們為目標的商人和工匠也跟著定居於此。

如果一直想往上爬會沒完沒了，但我並沒有那個打算。

那樣做沒有意義，我想維持現在的生活一輩子，等腓特烈長大後再讓他繼承我的事業，繼續經營鮑麥斯特騎士領地。

這樣就行了吧。

「亞美莉大嫂的腿真軟，躺起來好舒服。」

「是嗎？在這裡生活後經常走路，腳只會愈變愈硬吧。」

畢竟這裡是鄉下領地……這個世界也沒有車子。雖然亞美莉大嫂說每天走路會長肌肉讓身體變硬，但我並不覺得她的腳很硬。

「我喜歡躺在妳的腿上。」

「這樣啊。那今天就讓你躺到太陽下山吧。」

「謝謝妳。」

「不客氣。」

我們一起度過了一段悠閒的時光。

這一定就是所謂的幸福吧。

＊　＊　＊

「「「「「「「「「「「……」」」」」」」」」」」

「鮑麥斯特伯爵大人好像很喜歡這種在王都的書店常看到的故事。大概是因為平常承受了太多壓力，所以這種慢活的想法才影響了虛擬現實……咳。必須收集資料……」

「「「「「「「「「「「啊啊？」」」」」」」」」」」

「各位怎麼了？這是夢境的世界，不是現實。只是參考鮑麥斯特伯爵大人和亞美莉的記憶創造出來的虛構世界。請大家冷靜一點。」

貝肯鮑爾，算我拜託你，可以不要再說話了嗎？

應該說拜託你別再讓水晶球和盒子連線，給艾莉絲她們觀看伯爵大人和亞美莉在虛構世界裡的體驗了。

艾莉絲她們今天也散發出濃烈的殺氣，不懂得看氣氛的你難道沒感覺到嗎？

不對，應該是就算感覺到了，還是想以研究為優先吧。

「老師看起來好開心……」

「我們在這個世界應該不會遇見老師吧？」

「我不要那樣！我一定要救出老師！」

這個盒子真的非常棘手。

雖然這幾天連同導師在內，大家都在艾莉絲的指揮下認真破壞盒子，但只有在上面留下一點焦痕和缺口。

儘管乍看之下只是用木頭碎片組合而成的盒子，不過實際上相當堅固。

伊修柏克伯爵真的是莫名其妙。

「我討厭這種緊張的氣氛。」

「得讓必須負責的人好好反省才行。」

伊娜和露易絲的發言，讓所有人一齊看向艾爾文。

畢竟是他把那個盒子帶回來的……

他也是因此才待在這裡。

羅德里希正因為無法讓伯爵大人進行土木工程而相當不悅。

即使如此，他也沒拜託卡特琳娜、莉莎、泰蕾絲和其他小姑娘去幫忙進行工程。

與其說他聰明，不如說他很擅長明哲保身。

如果現在說這種話，下場一定會很慘。

「艾莉絲，怎麼辦？」

「這是舅舅用『魔導機動甲冑』造成的缺口。最快的方法果然還是繼續擴大這道缺口，讓盒子內部和外界接觸。」

沒有人反對這個意見……坦白講她的眼神認真到可怕的地步……

大家應該都怕到不敢反駁吧。

貝肯鮑爾這個笨蛋以收集研究資料為理由，持續觀察盒子裡的虛擬世界的狀況，其他夫人也面無表情地一起觀看。

因為只有伯爵大人和亞美莉在裡面卿卿我我，大家的心情都非常糟糕。

一想到如果兩人脫困後，仍繼續維持這種關係……

「艾爾文！你快點拚命揮劍！」

「咦？為什麼？」

「（讓大家看看你的誠意！）」

你現在真的很危險。

如果伯爵大人逃離盒子後，因為受到盒子的影響而變得只寵愛亞美莉……

在最壞的情況下，鮑麥斯特伯爵家可能會無法存續。

事到如今，必須盡快破壞盒子減少盒子帶來的影響。

「（如果是奧利哈鋼劍，或許能夠破壞這個盒子。全力砍下去吧！總之要破壞那個盒子！）」

「（我知道了！）唔喔——！喝啊——！」

或許是聽懂了我的說明。

艾爾文將盒子有缺口的那一面朝上放在地面，不斷瞄準那個缺口揮劍。

「感覺有削下來一點點。」

「艾爾文先生，加油！」

「艾爾，堅持下去！」

「上啊！艾爾！」

「加油。」

「鼓起幹勁揮劍吧！」

「我的雙劍無法做到這種事。讓我們見識你的力量。」

「莉莎，怎麼樣？」

「奧利哈鋼製造的劍有效果呢。雖然還是只能一點一點地削……」

在艾莉絲她們加油的同時，艾爾文也不斷朝盒子上的缺口揮劍。

儘管效果甚微，但缺口還是有逐漸擴大。

連奧利哈鋼劍都只能做到這種程度。

「看來會很花時間。」

「呼……呼……呼……呼……我不行了。」

「艾爾先生。稍微休息一下吧。」

「謝謝妳，艾莉絲。」

「只能一下子喔。」

艾莉絲將茶遞給艾爾文時如此說道。

「遵命！」

現在不能對艾爾文太好。

他只能不斷揮劍，盡可能擴大盒子上的缺口。

雖然他也能選擇放棄，但如果換成是我，絕對不敢這麼做。

「唔……要上嘍！辛蒂、貝緹。」

「老師！我們身為你可愛的弟子，一定會救你出來。」

「從三個方向一起攻擊盒子吧！」

在艾爾文氣喘吁吁地休息的期間，艾格妮絲她們三人圍著盒子全力施放魔法。

「「「『三重風刃』！」」」

龐大的風刃在盒子表面造成無數傷痕，遺憾的是每一道傷痕都很淺，對救出伯爵大人沒有幫助。

雖然必須讓所有的風刃都集中攻擊同一個地方才能擴大缺口，但艾格妮絲她們還不具備這樣的技術。

「難得的研究資料……我什麼都沒說。」

貝肯鮑爾……你真的很不會看氣氛。

「只能大家一起全力以赴了！」

「這對魔法來說也是很好的鍛鍊。」

今天一整天，伊娜都用纏著火焰的長槍，露易絲都用灌注魔力的手甲攻擊盒子。

薇爾瑪打算用巨斧將盒子劈成兩半，卡琪雅用雙劍擴大缺口。

卡特琳娜、泰蕾絲、莉莎……大家都全力用魔法破壞盒子，但只有稍微擴大缺口，然後一天就這樣結束了。

「連在下的『魔導機動甲冑』都無法造成多大的損傷。」

「一萬三千三百五十五——！一萬三千三百五十六——！我不行了……全身的肌肉都好痛……已經使不出力氣了……但我會繼續加油！」

艾爾文特別努力，但這並非短短幾天就能做到的事情。

雖然艾爾文因為艾莉絲她們太可怕，所以不斷揮劍揮到肌肉痠痛，但在盒子上開洞這件事依然沒什麼進展。

「上面布滿了傷痕呢，幸好盒子本身平安無事。這可是貴重的研究資料。大家為什麼不能乖乖等一個月呢。」

貝肯鮑爾，如果你還不想死，最好別再說這種話了。

你真的很不會看氣氛。

＊　＊　＊

「雖然我敢摸魚，但不太敢摸充當釣餌的蚯蚓呢。」

「亞美莉大嫂，我幫妳掛餌吧。」

「釣到了！」

「亞美莉大嫂，妳很會釣呢。」

「真是的，你差不多可以直接叫我『亞美莉』了吧。」

「這已經算是一種習慣了。平常明明能正常地叫妳『亞美莉』。」

「真拿你這個小叔沒辦法。」

「威爾，你看。」

「花開得好漂亮。」

「有花真好。畢竟平常都沒什麼餘力，只能以家庭菜園為最優先。」

「確實是這樣沒錯。下次去布雷希柏格買稀有的花朵種子和幼苗回來吧。」

「幹嘛買這麼貴的衣服給我，明明買便宜一點的也沒關係。」

「最近領地開發得很順利，所以財務方面比較寬裕，妳不用擔心。」

「謝謝你，威爾。」

「布雷希柏格真是個大城市呢。」

「畢竟布雷希洛德藩侯是赫爾穆特王國南方的霸主，同時也是許多貴族的宗主。」

「給孩子們的土產該買什麼好呢？」

＊　＊　＊

伯爵大人和亞美莉已經被關在盒子裡一個星期了。

兩人在盒子裡開心地生活。

因為有伯爵大人的魔法……所以鮑麥斯特騎士領地發展得很順利……另外雖然是虛擬世界裡的事情……但他已經和亞美莉生了好幾個孩子。

除了偶爾要去布雷希柏格辦事以外，他們每天都開心地享受地方領主的生活。

休假時就全家出門野餐或進入森林採集，同時還保留了一些夫妻相處的時間，一起釣魚或從事園藝。

兩人簡直就像是一對模範夫婦，過得非常幸福。

「原來如此。這魔法道具真是不得了。明明有這麼厲害的魔法道具，古代魔法文明時代依然有許多貴族家無人傳承，據說是靠優秀的平民代為處理貴族的工作。伊修柏克伯爵也是其中之一。」

「每個時代都有各自的辛苦呢。話說什麼時候才能破壞這個盒子？」

「導師連續用『魔導機動甲冑』攻擊了一個星期，依然無法讓這個盒子停止運作。看來是沒辦法破壞了。」

「你之前不是估一個星期嗎？」

「在研究的領域，預測失準是很常見的事情。」

「你怎麼可以說得這麼得意！」

貝肯鮑爾回答完我的問題後，繼續以研究的名義，觀察伯爵大人和亞美莉在虛擬世界中的開心生活。

的確，即使盒子表面已經布滿傷痕和焦痕，也有幾道較深的缺口，但看起來仍正常運作。

雖然當事人看起來很幸福，但持續觀察這種讓人肉麻的和樂夫妻生活，真的對魔法道具的研究有幫助嗎？

「收集資料時，本來就無法預測將來能在哪裡派上用場。布蘭塔克不適合當研究者呢。」

「所以我才選擇當冒險者啊。」

每天窩在魔導公會的地下室做研究，不符合我的個性。

「這件事不重要，重點是艾莉絲她們的心情……」

她們一直——被迫看伯爵大人和亞美莉親熱的樣子……雖然貝肯鮑爾說她們可以不要來看，但這傢伙一直以研究的名義用水晶球映照出兩人的狀況。

總之包含艾格妮絲她們在內，夫人們的心情都差得不得了，鮑麥斯特伯爵家的傭人們如果沒有什麼事，都不敢靠近她們。

對鮑麥斯特伯爵家真的是一場危機。

「貝肯鮑爾先生，我借用一下盒子。」

「請便。」

艾莉絲最近幾天的早上，都會來借盒子。然後，他們每天都會到鮑爾柏格郊外試圖破壞盒子。

因為每次都會使出強大的魔法，鮑爾柏格居民們都以為郊外正在進行什麼大規模工程。

畢竟這塊領地是依靠伯爵大人他們的魔法發展起來的。

所以造成這樣的誤會也很正常。

「唔喔————！這是在下全力的一擊！」

導師今天也開始全力攻擊盒子。

因為太過害怕艾莉絲，導師這一個星期都沒喝酒專心在破壞盒子。
能讓導師一個星期不喝酒……真的是件大事。
不過就連導師的「魔導機動甲冑」都無法破壞盒子。
「喝啊————！」
「要上嘍！」
「今天一定要成功！」
艾爾文、伊娜和露易絲分別以劍、長槍和拳頭攻擊盒子。
「今天也很硬呢。」
「薇爾瑪小姐，這個盒子本來就不會因為日子不同就變軟。」
「我想也是。如果真的有哪天會變軟，還真希望能有人告訴我呢。」
薇爾瑪用巨斧，卡特琳娜用集中火力的「風刃」，卡琪雅用雙劍擴大盒子的缺口，但還是無法傷及內部。
「這招如何，『煉獄』！」
「極限暴風雪，『死亡凍結』！」
泰蕾絲先用高熱攻擊盒子，莉莎再緊接著使出極寒魔法。
她們試圖用短時間內的巨大溫差讓盒子變脆弱，但對伊修柏克伯爵的作品毫無效果。
「老師！我們已經一個星期沒見到你了！」

「只陪亞美莉小姐太狡猾了！」

「快壞掉吧——！」

艾格妮絲她們接連施放魔法，但盒子仍絲毫不受影響。

當然傷痕和焦痕還是有在增加，不過經過一個星期的嘗試，現在已經能確定這樣不足以救出伯爵大人他們。

「好硬。」

「我們的修練還不夠嗎？」

「我的魔力已經耗盡了。」

艾格妮絲她們攻擊完後，今天的破壞盒子行動就結束了。

大家都已經全力施展魔法，實力也在這個星期裡突飛猛進，但盒子仍像在嘲笑我們般展現自己的堅固。

「難道真的只能乖乖等一個月嗎？」

「我也不是每天都只有在用水晶球觀察盒子裡的世界，也有在研究開啟這個盒子的方法。只是非常困難。」

「有辦法打開這個盒子嗎？」

「當然有。就是像這樣滑動盒子的表面，但滑動的程度和順序有接近無限的組合，更何況還沒有說明書。」

「原來有說明書啊。」

「這個魔法道具原本有明確的用途，所以當然有說明書。而且為了預防意外狀況，一定有方法能夠直接開啟盒子。」

然而這個盒子是發掘品，所以我們現在才會因為沒有說明書而苦惱該如何救出伯爵大人。

「滑動盒子的側面……真的可以動耶！」

露易絲實際滑動了一下盒子的側面，對這個構造大吃一驚。

伯爵大人他們就是偶然透過這個設計開啟了盒子才被困在裡面……不過她之前明明用魔鬥流攻擊過這個盒子這麼多次，難道都沒發現嗎？

「滑動過後還是打不開呢。」

「如果只要滑動一面就能打開，就不必這麼辛苦了。這個盒子有六面，如果要操作兩次就有三十六種組合，操作三次是兩百一十六種，四次是一千兩百九十六種。我推測至少要操作十次才能打開……」

六分之一的機率挑戰十次，就是六的十次方……

而且因為無法確認自己是否以正確的順序操作了正確的那一面，所以必須按照順序將所有組合都試過一次，這樣一個月一下就過去了。

再加上雖然知道要滑動十次以上，但尚未確認正確的次數。

貝肯鮑爾之前說「只能等一個月」，某方面來說是正確答案。

「這樣啊……」

破壞盒子很困難，但靠正常操作開啟盒子的機率極低。

艾莉絲在明白這點後，總算收起原本的可怕表情。

「還要等三個星期以上……」

「這樣盒子裡到底會過多久。」

「而且他們一直在盒子裡卿卿我我。這樣非常不妙吧！」

「威爾大人或許會變成眼裡只有亞美莉小姐。」

「即使離開盒子後察覺那是夢境，兩人的關係也已經……」

「既然你是魔導公會的研究者，比起觀察，應該優先摸索開啟盒子的方法吧？你明白威德林至今對你提供了多少援助嗎？」

「啊──！弄不壞！貝肯鮑爾先生！」

「不愧是伊修柏克伯爵製作的魔法道具……以我的魔力……」

「我們無法成為老師的妻子嗎？」

「咦──！怎麼可以這樣──！」

「啊──真是的。如果進去盒子裡的人是我。」

艾莉絲和艾格妮絲她們都對這個束手無策的狀況哀嘆不已。

這段期間，貝肯鮑爾仍一臉若無其事地觀察和紀錄亞美莉與伯爵大人在盒子裡的生活。

這傢伙真的是個研究者呢。

「明明只要等一個月，那兩人就能脫困……你們看，就是像這樣滑動盒子的六個側面，只要滑錯一次就要重來。不過操作時無法知道自己滑動的面對不對。如果要在滿足這個條件的情況下，單靠操作開啟盒子，那機率就跟奇蹟差不多。我是個按照理論做事的研究者。畢竟就算感情用事也沒用吧。」

「「「「「「「「「……」」」」」」」」」

貝肯鮑爾講述的道理，讓艾莉絲她們安靜了下來。

「明白就好。這個盒子沒那麼容易打開。好比說我現在隨手滑動各個側面，但不可能剛好是正確答案……」

貝肯鮑爾在開導艾莉絲她們的同時隨手操作盒子，接著盒子突然被白色的煙包圍。

等煙霧散開後，伯爵大人和亞美莉已經癱坐在地上。

「咦？我和亞美莉大嫂……啊！原來剛才是在作夢？」

「好像是呢。為什麼會發生這種事？」

看來貝肯鮑爾偶然開啟了盒子。

明明平常的研究動不動出問題，就只有這種時候會成功……真是符合這傢伙的風格。

「親愛的？」

「我好像做了一個很長的夢，是這個盒子害的嗎？」

「威爾，對不起。都怪我不小心操作了這個盒子……」

「不是亞美莉大嫂的錯。就算妳沒碰盒子，我也會自己摸索。而且這場夢的內容也不壞。」

「說得也是。而且最後的結果還是差不多。」

「妳說得沒錯。」

的確，就像伯爵大人無論在現實世界或盒子裡的虛擬世界，都會用魔法大規模開發土地。

這個盒子確實是個精巧的魔法道具。

「鮑麥斯特伯爵大人。」

「貝肯鮑爾先生？怎麼了嗎？」

「關於這個盒子的解析。這次的事件，應該是神明想讓鮑麥斯特伯爵大人偶爾放下世間俗事享受夢境，而特別賜予的休息時間吧。」

「貝肯鮑爾先生相信神明的存在啊。」

「信一點。我偶爾也會想向神明祈禱。哎呀，雖說是偶然，但成功開啟這個盒子的我就算不及伊修柏克伯爵，或許仍是個貨真價實的天才呢。艾莉絲大人們也很高興吧？」

「「「「「「「……」」」」」」」

「怎麼了嗎？」

我現在總算明白了。

貝肯鮑爾在與魔法有關的研究以外都是笨蛋。

而且還是超級大笨蛋。

這次的事件，貝肯鮑爾一點責任也沒有。

然而他至今的言行舉止，讓艾莉絲她們把怒氣都集中到他身上。

仔細一看，艾爾文早已消失得不見蹤影。

我在心裡感謝貝肯鮑爾主動攬下艾莉絲她們在這次事件中累積的怒氣，同時趕緊準備逃跑，以免晚點受到牽連。

導師也不見了……

導師從以前就是這種人呢。

「我最近聽說瑞穗有句話叫『雨過天晴』。這次的事件加深了艾莉絲大人妳們與鮑麥斯特伯爵大人之間的關係，亞美莉大人和鮑麥斯特伯爵大人的感情也變得更好了。可見這盒子是個非常好的東西。好，我會努力做出這個道具。等魔法陣的研究結束後就來努力吧。」

「你想說的話就只有這些嗎？」

「還有必須快點解析收集到的資料。大概就這樣了。」

現在的鮑爾柏格與其說是溫暖，不如說是有點熱，我卻感覺到有一陣冷風吹過。

如果繼續待在這裡，連我也會有危險。

趕緊逃跑吧。

「布蘭塔克，我覺得這個世界真的很不合理。」

「設法躲過那些不合理的事情，也是好好度過人生的訣竅啊。」

隔天，我去魔導公會辦事時，發現貝肯鮑爾臉上多了許多巴掌的痕跡，但我刻意假裝沒看見。

＊　＊　＊

「……」

「怎麼了？威爾。」

「總覺得很久沒和大家一起狩獵魔物了……」

我因為一場意外，被關在伊修柏克伯爵製作的盒子裡一個星期，但是盒子裡的世界並沒有那麼糟糕。

一回到外面的世界，我就立刻意識到那是一場夢，但我和亞美莉大嫂都覺得，這次的體驗「並不壞」。

我們兩人的感情有因此變更好嗎？

我也無法確定。

畢竟我和亞美莉大嫂以前感情就很好。

不管有沒有被關進去那個盒子，都不會有什麼改變。

亞美莉大嫂也這麼說。

事件結束後，我懷著補償的心情和大家一起來狩獵魔物……

「感覺連沒有戰鬥的艾莉絲的魔力都提升了……其他人似乎也變強了？」

「嗯，因為大家和堅固的盒子一起修行過了……」

艾爾這傢伙到底在說什麼。

那麼小的盒子又不會動，怎麼能夠當成修行的對象。

「難怪有人說為母則強。另外雖然今天沒來，但艾格妮絲她們也從我這裡學到了不少東西。真期待她們將來的發展。」

「我說你啊……某方面來說算是糊塗得剛剛好呢。」

「啊？我一點都不糊塗吧。雖然也稱不上精明。」

艾爾這傢伙，幹嘛突然說這種話……

這麼說來，亞美莉大嫂之前說過想再生一個孩子，差不多該思考一下這件事了。

畢竟我和亞美莉大嫂的感情非常好。

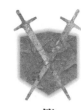

第五話　動物園與牧場

「動物園？那是什麼？」

「艾爾不知道嗎？就是飼養動物給人觀賞的設施。對小孩子的情操教育很好喔。」

「這樣啊……還是一樣搞不懂你是從哪裡得知這些事情……」

「根據我以前看過的記述，先不論規模大小，在古代魔法文明時代到處都有這種設施。如果對領民們開放這種設施，一定能吸引許多人來。」

「如果是鮑麥斯特伯爵領地沒有的動物，應該會有因為覺得稀奇而跑來看的客人吧？艾莉絲，妳覺得呢。」

「有些貴族會自己飼養動物。雖然是以狗、貓和鳥類為主，但也有人會飼養罕見的動物向同好炫耀。」

「那和炫耀昂貴的寶石和衣服有什麼不同？」

「有什麼關係。等腓特烈他們懂事後，威爾應該會想替他們準備各種樂趣吧。」

「沒錯！就是這樣！伊娜說對了。」

我是貴族。

而且還是伯爵，所以想送孩子們多少昂貴的玩具都沒問題。

但光是送腓特烈他們昂貴的玩具，能稱得上是個好父親嗎？

金額的高低不是重點。

我想給他們更不一樣，能夠留在記憶裡的美好體驗。

於是我便想到了創設動物園。

等腓特烈他們長大後，在假日和他們一起出遊……

喔喔！

光是想像這個景象，就讓我覺得自己是個非常好的父親。

只要在鮑爾柏格設立動物園並吸引更多客人來，應該也能活絡經濟。

可以的話，我也想設立水族館，但那個太費工夫，所以還是先設立動物園觀察狀況吧。

「事情就是這樣。在鮑麥斯特伯爵家內有人可以經營動物園嗎？」

「您的意思是老家有養動物的嗜好，所以有幫忙飼養過的人嗎？」

「大概就是那樣。」

可以的話，最好也是喜歡動物的人。

勉強討厭動物的人負責飼養會很辛苦，那樣的人可能也無法好好飼養動物。

「讓因為老家的緣故而熟悉動物的人當負責人，再來應該也需要有畜牧經驗的人。」

話雖如此，這個世界很少有經營畜牧業的人。

應該沒那麼容易請到吧。

既然如此，就只能找老家養了許多動物且喜歡動物的人。

「為了讓那個叫『動物園』的設施在腓特烈大人他們懂事前就上軌道，所以現在就要開始準備嗎？」

「羅德里希和其他家臣的孩子們也會很開心喔。小孩子都很喜歡動物。」

「這麼說來，鄙人的孩子們一看到狗或貓就會想摸。」

「這些事情對小孩子的情操教育很好喔。」

「原來如此。那鄙人立刻從家臣中物色人選。等決定好負責人後，再交給那個人處理。」

因為我的臨時起意，鮑爾柏格將要設立動物園。

我後來以此為契機，認識了一個非常奇怪的男人。

「主公大人，聽說您預定在鮑爾柏格設立動物園，並指明我擔任負責人。我布魯克・穆茲・馮・禾豐，覺得獲得了值得奉獻一生的工作！實在感激不盡！」

「……有幹勁應該算一件好事吧？嗯，加油吧。」

羅德里希立刻就把動物園計畫的負責人帶來了。

負責人的年齡大約二十歲左右。

雖然這個年輕人並沒有長得特別帥，但看得出來出身良好又有氣質，而且他不知為何穿著一件破破爛爛的連身工作服。

他似乎很高興自己被選為動物園計畫的負責人。

他一臉開心地向我道謝。

「布魯克的老家禾豐子爵家代代都喜歡飼養動物。還確立了從來沒人養過的動物的飼養方法。布魯克同時也在鮑麥斯特伯爵家替馬看病。」

「喔，這樣啊。」

馬對貴族來說是非常重要的交通工具，在遇到危險時更是必須託付性命的夥伴。

鮑麥斯特伯爵家也養了許多馬，所以當然也有負責飼養和管理牠們健康的獸醫。

與其說是獸醫，不如說是馬醫，其他動物只是順便診察而已。

偶爾也有幫貴族打工，在照顧和診察他們養的貓狗後不知不覺變成專家的人。

「禾豐子爵家代代都是從事獸醫工作。他們當然也喜歡動物，也基於工作飼養了各種動物。」

「原來如此。確實滿合理的。」

「最早的祖先曾辛苦飼養沒人養過的動物，還在過程中受了不少傷。過去甚至還有祖先挑戰養熊，結果不幸死在熊的手上。」

「（威爾，他們還真厲害。）」

「（的確……）」

正常人應該不會嘗試養熊。

那就類似禾豐子爵家的業障吧？

「拜此之賜，現在只有我們禾豐子爵家有辦法飼養熊、山豬和狼等普通人無法飼養的動物。」

「真厲害。」

雖然命名為動物園，但我本來打算一開始先養些狗、貓和兔子之類的動物，等之後再慢慢增加種類，但如果交給布魯克，應該能打造出相當正式的動物園。

「如果能和熊或狼當朋友，或許會很開心。」

「那個……艾爾文先生或主公大人應該沒辦法。」

「咦？為什麼？」

「因為兩位平常有在狩獵。」

「啊，如果有狩獵就不行呢。」

「威爾，這是為什麼？」

「你覺得動物會親近殺害同類的人嗎？」

這個世界的動物直覺比地球的動物還敏銳。

所以不會親近曾殺害過同伴的人。

「那樣就不能狩獵了。」

「是啊。還有，也不能吃動物的肉。只要沾上一點味道就會被動物察覺。」

如果想和動物培養感情，就不能吃肉。

簡直就像素食主義者一樣。

那我應該不需要和動物的感情變太好。

「鮑麥斯特伯爵領地內除了動物的肉以外還有很多種食物，對我幫助很大。」

因為這裡有魔之森的水果，還有來自南方的豐富海鮮。所以不吃肉的人在這裡可以過得比王都舒適。

「真厲害。居然為了和動物融洽相處而過那麼節制的生活。」

「是的，這畢竟是家族的工作，而且我喜歡動物。不過還有另一個很大的壞處。」

「壞處？」

如果和動物融洽相處，會有什麼不方便的地方嗎？

「是的。其實禾豐子爵家代代都不曾成為其他貴族的附庸或宗主。如果馬的醫生和特定貴族家走得太近會有許多問題……」

馬對貴族來說非常重要。

所以不會希望看馬的獸醫受到其他貴族的控制。

於是他們被要求保持中立。

「如果成為某個大貴族的附庸就會定期被邀去聚餐，不過宴客料理大多都有肉吧。到時候如果不吃會破壞氣氛。所以我們也沒參加過這種派對。」

啊，不過。

不會收到任何聚餐邀請或許是件好事。

我的狀況是常被認為「鮑麥斯特伯爵對味道很挑剔」，但在接受別人的精心招待後，我也不能說不合胃口或很難吃。

讓別人請吃飯並不是只有好事。

「診察馬的工作常遇到緊急狀況，又會弄髒身體，所以我們很少打扮成貴族的樣子。換句話說就是很難接受別人的邀約。所以包含我在內，禾豐子爵家的人都沒有人類朋友。不過動物就是我的朋友，所以我一點都不會覺得寂寞。」

布魯克表示自己擁有能立刻和動物混熟的技能，但也因此沒有任何人類朋友。

儘管覺得這樣似乎不太好，但我在這個世界直到十二歲前都是邊緣人……而且布魯克能很快和動物成為朋友。

不過不知為何，我不怎麼羨慕他。

「園長，請你努力建好動物園吧。」

「請交給我吧！哎呀，能和許多動物生活在一起真是太令人期待了。」

「「「……」」」

雖然動物園的事情進展順利，但我、艾爾和羅德里希都在心裡納悶這樣對布魯克來說真的好嗎，只是既然說要蓋動物園的人是我們，那也不好對他說些什麼。

「（大致跟我想像的一樣。）」

＊＊＊

「這就是動物園嗎？是要讓客人看被關在柵欄或籠裡的動物吧。總覺得都很常見？」
「之前去有養動物的貴族家時，對方的庭院大概就是這種感覺。只是規模比這裡小而已。」
我帶大家來看總算完成的動物園。
這裡有狗、貓、猴子、松鼠、兔子、鼬、獾、鹿、珠雞，以及其他鳥類和小動物。
跟我的前世一樣有各種動物……雖然種類和數量差了一點，但也有迷你動物園的規模。
「真的也有熊和狼耶。」
「還有山豬。我覺得看起來很好吃。」
該說是挑對了人選嗎？
雖然被關在籠子裡，但動物園裡也有被歸類為猛獸的熊、狼和山豬。
這個世界大多數的人都不會想養這些動物，布魯克果然有一套。
因為很稀奇，或許能吸引客人……
住在偏遠地區的人，應該會討厭這些害獸吧。

「珠雞看起來好好吃……」

「薇爾瑪小姐，這些動物是拿來展示的，所以不能吃。」

「真可惜……」

薇爾瑪一看見展示的珠雞就說看起來很好吃，然後被卡特琳娜勸導。

但我也不是不能體會她的心情。

看門用的狗、抓老鼠的貓，以及載運行李的馬。

這個世界的人基本上只養這幾種動物，其他動物只有有錢人養得起。

薇爾瑪原本就是家境不怎麼寬裕的貴族家之女，所以珠雞對她來說不是寵物，而是食物。

艾莉絲似乎曾接受過有養動物的貴族家招待。

雖然是養在庭院或籠子裡，但那些貴族養動物的目的是向客人炫耀，很少會像這座動物園一樣開放所有人參觀。

他們不習慣這樣的作法。

「嗯，鮑麥斯特伯爵領地位於南方，所以貴族能養的動物果然很多。」

「菲利浦公爵家有養過動物嗎？」

我上次去她家時正值內亂時期，所以沒有這種餘裕。

「在阿卡特神聖帝國，只有領地位於北方的貴族們有養狼的習慣。」

「養狼啊。真厲害。」

「該怎麼說。那些人只是基於想仿效狼的強悍，或是藉由養狼展現自己的強大這類無聊的理由。養狼這種猛獸需要消耗大量的勞力和金錢。不過既然其他貴族都有養狼，自己不養會很丟臉。許多貴族是基於這種消極的理由，迫於無奈才養的。」

「因為是從以前就有的習慣，所以無法輕易捨棄啊。」

「大概就是這樣。不過這裡是個不錯的地方。」

「啊，還有可以摸動物的地方。」

卡琪雅發現了能摸幼犬、幼貓和幼兔等小動物的區域。

即使世界不同，還是會有人想到一樣的事情。

「主公大人，這是我們最引人注目的區域。一定會很受小孩子歡迎。」

「真是個好主意呢。」

我明明什麼都還沒說，布魯克就自己想出了可愛動物區。

看來我果然沒有挑錯人。

「要實際摸摸看嗎？」

「聽起來不錯呢。」

在布魯克的推薦下，我們試著去可愛動物區摸動物。

「這裡感覺很棒呢。等腓特烈他們再長大一點後，就帶他們來這裡吧。」

「親愛的，這真是個好主意呢。」

「他們一定會很開心。」

我、艾莉絲和伊娜分別抱著幼犬、幼貓和幼兔，度過一段快樂的時光，但動物們不知為何會刻意避開一些人。

「喂！我一靠近牠們就逃跑了。這是為什麼？」

「是嗎？我是沒這個問題。」

不知為何，動物們都不想被艾爾摸。

明明遙就不會這樣……

「哈哈哈，艾爾心裡一定是在想『牠們看起來很好吃』。動物們都很敏銳呢。」

「那露易絲應該也不行吧。妳剛才看見山豬時不是才說『看起來很好吃』嗎？」

「才沒有這種事。動物們怎麼可能會避開我這種可愛又有包容力的人。你看……奇怪？」

「這有什麼好奇怪的。妳果然也不行。」

「真奇怪？』

露易絲和艾爾一樣被動物們嫌棄，兩人頓時不知所措。

「好可愛。」

「太奇怪了！薇爾瑪剛才明明也有說珠雞看起來很好吃！」

這麼說來，明明薇爾瑪剛才也跟露易絲一樣說珠雞看起來很好吃……為什麼動物們不會避開她？

難道她只是嘴巴上說說，其實並不是認真的？

或是因為薇爾瑪是專業獵人，所以能夠自由切換平日與狩獵時的心態？

「誰叫露易絲這麼貪吃。」

「卡琪雅也一樣吧。」

「我和薇爾瑪一樣是專家。動物們一定看得出來我們沒在工作時有多穩重。」

「話說得這麼滿，妳都不怕丟臉嗎？」

「露易絲，妳只是輸不起吧？妳看……奇怪？」

或許是因為先說了那樣的開場白，卡琪雅一將手伸向動物，牠們就逃跑了。

「真奇怪？老公？」

「我問妳一個問題，山豬對妳來說是什麼？」

「牠們是會破壞農作物的害獸。熊和鹿也一樣。兔子和珠雞是食材。」

原來如此。

卡琪雅是在農業興盛，將土地看得和命一樣重的領地出生。

她本能地對動物們抱持這樣的想法，所以才被察覺這點的動物們避開。

這個世界的動物們……直覺真的很敏銳。

「結果卡琪雅也和我一樣。對吧，應該也是同類的卡特琳娜。」

「我還以為露易絲小姐想說什麼……純真的動物們，怎麼可能感覺不到我這個貴族寬容的精神。」

我雖然沒有特別喜歡動物，但卡宴來這裡應該會很開心。身為一個母親，我要率先嘗試和動物交流……奇怪？」

不曉得為什麼？

卡特琳娜在這種時候總是不會背叛大家的期待。

是因為邊緣人體質嗎？

不過我的狀況也差不多……

「卡特琳娜，妳是不是狩獵過頭了？本宮就沒有這個問題。」

狩獵過頭和被動物嫌棄有關係嗎？

姑且不論最近的狀況，以前只有狩獵過幾次的泰蕾絲輕鬆抱起了幼兔。

話說回來，我在地球的可愛動物區從沒看過有人能把動物嚇跑。

我以前甚至覺得這個世界的動物攻擊性還比較強。

「如果是那樣的話，這裡的所有人就算都把動物嚇跑也不奇怪吧。莉莎小姐……看起來沒什麼問題。」

應該是我們當中狩獵過最多次的莉莎順利地摸到了小山羊。

我實在搞不懂動物躲避人類的標準。

「不過，這樣也算是視察完畢了。對吧，老公。」

「說得也是。反正要摸這些動物的是小孩子，跟我又沒關係。」

『是啊。我們已經是大人了。就算被動物嫌棄也不會怎樣……』

「你們是輸不起嗎？」

「「「啥？」」」

「當我沒說！」

艾爾明明自己也不受動物歡迎，卻對露易絲她們說了多餘的話，結果在被她們瞪了一眼後，連忙收回自己的話。

「是的，雖然我們家族一個人類的朋友也沒有，但和動物相處得很融洽。」

「猛獸們也都很安分。這就是禾豐子爵家流傳的技術嗎？」

「能獲得主公大人的肯定，我的努力也算是有了回報。」

「這樣感覺馬上就能對外開放了。」

「「「「「「「……」」」」」」」

「（這有什麼好值得自豪的？）」

「（艾爾，噓——！）」

我連忙摀住艾爾的嘴巴。

如果本人對此感到苦惱也就算了，但布魯克本人早已接受了這個事實。

只要當事人自己覺得幸福就好。

至少他那樣還是遠比我以前的狀況要好。

＊　＊　＊

「話說主公大人之前命令我擴大和設立新的牧場，這方面的進展也很順利。」
「喔，威爾也會做些像貴族的事情呢。」
「露易絲，我一年還是會有約五分鐘做像貴族的事情。」
「你還是多做一點吧……」

因為動物園這邊無可挑剔，所以我向布魯克確認之前拜託他擴張和設立新牧場的事情有何進展。
我拜託布魯克處理的事情當然不是只有動物園而已。
他同時還是鮑麥斯特伯爵領地內牧場增設計畫的負責人。
考慮到能靠狩獵獲得肉類，以及土地本身的現實狀況，牧場飼養的家畜都是以馬匹為優先。
畢竟許多農民都需要用馬耕田。
再來就是飼養起來比較輕鬆的鳥類。
牧場還能採收雞蛋，或是從牛或山羊身上擠奶，這些都算是高級品。
其實用水果做的塔或烤點心，比加了許多鮮奶油的蛋糕要便宜多了。

飼養牛或山羊等能夠擠奶的家畜需要廣大的土地，從糧食需求的角度來看……不如把土地拿去從事農業。

「數量意外地還不少呢？」

「遺憾的是，牛奶和羊奶的產量相當稀少。因為飼養中的牛和山羊都還沒生產過。」

牛和山羊必須生產過後才能擠到奶。

所以花費比單純用來提供肉品的畜牧業高。

「其實我本來還想改良品種。」

「你是指培育出體格較大的個體，或是產乳量較大的牛和山羊嗎？」

「喔喔！您能夠理解嗎？」

因為我有保留前世的記憶。

實際上，我對畜牧產業並沒有那麼了解。

「聽說可以去找其他經營良好的牧場或貴族商量，跟他們進體格較大或產乳量較高的牛和山羊，或是借來配種。只要支付配種費用就行了吧。」

因為養馬時也會做相同的事情，所以知道這些事的人應該不少。

聽說貴族都想要好馬，所以會讓各自擁有的好馬互相交配。

「不過就算那麼做，應該也沒什麼效果。」

「為什麼？」

「其實主公大人給的預算非常充足，所以已經買了很好的牛和山羊回來。」

在這個世界，這種等級的牛和山羊已經算是高級品。

我前世曾看過生產高級牛乳的乳牛，和那些牛相比，這個世界的牛看起來瘦小許多。

我想起這個世界的人因為覺得浪費，所以不會餵牛或山羊穀物飼料。

按照這個世界的常識，穀物應該優先當成人類的糧食。

「既然如此，就只能等突變的優良種出現嘍？」

「並不是完全沒有其他方法。只是有點像在賭博。」

「賭博？」

「其實，也有從家畜變成魔物的牛和山羊。」

「居然有這種事！」

我本來以為只有野生動物會變成魔物，原來人類飼養的牛和山羊也會？

還有這樣的狀況啊。

「即使現在是家畜，牛和山羊原本也是動物。如果管理得太鬆散，可能會被牠們逃走。此外經營牧場失敗的貴族人數也多到難以忽視。」

根據布魯克的說明，雖然畜牧業經營不易，但因為能生產附加價值高的乳製品，所以三不五時就有想在自己領地發展畜牧業的貴族。

「他們花大錢購入牛或山羊，飼養在新設的牧場裡，但許多貴族和牧場主人後來都因為外行人的草率管理導致虧損。」

如果因為管理疏失，害家畜死光倒還好。

但據布魯克所言，最慘的狀況是讓牛和山羊逃跑。

「雖然大部分逃進魔物領域的家畜都會被魔物捕食，但也有少數倖存的家畜之後變成魔物並留下子孫。」

「一旦變成魔物，大部分的物種體型都會變大。如果再把牠們變成家畜，就能獲得體格龐大且產乳量高的牛和山羊了。」

「這些都只是缺乏根據的推論吧。我從來沒聽說過有魔物會親近人類。」

伊娜立刻反駁。

她覺得布魯克所說的「將魔物當成家畜飼養」伴隨著風險。

「伊娜夫人，將魔物當成家畜飼養確實被視為魯莽之舉。實際上過去也從未有人成功過。但這次有我在！」

如果是沒有人類朋友的禾豐子爵家的人——已經和動物園的動物們混熟的布魯克，或許能把魔物變成家畜。

我也覺得有可能成功。

「（要是能便宜獲得乳製品會很方便。就不抱希望地試試看吧。）」

只要我也來幫忙就行了。

這麼一來，應該就能避免布魯克為魔物所害。

「試試看就知道了吧。我也會幫忙。」

「主公大人！謝謝您！」

「威爾真的沒問題嗎？」

伊娜再次對我投以懷疑的視線。

「只要牧場業務順利上軌道，鮑爾柏格就能供應大量乳製品，這樣不僅能造福領民，還能活絡鮑麥斯特伯爵領地的經濟。可以說是好處多多吧。」

「前提是要能成功吧？」

「但不試試看就不會有任何進展。」

「說得也是。教會也有流傳一句話叫『千里之行，始於足下』。」

艾莉絲也表示贊成……不過教會還真會說話。明明他們不知為何很少實際展開行動……

總而言之，我們決定去抓已經變成魔物的牛和山羊。

＊　＊　＊

「啊……變成魔物的家畜……好像有呢。進入我們領地內的魔物領域的冒險者們有提過。」

我們搭小型魔導飛行船前往其中一個小領主混合領域「貝克納男爵領地」。
這裡曾打算大規模經營畜牧業，但後來失敗了，許多逃跑的牛和山羊逃進了領地內的魔物領域，化為魔物繼續繁殖。
不曉得是不是錯覺，出來接待我們的貝克納男爵表情看起來有點憔悴。
「祖父害我們家欠下龐大債務……接下來還要三代才能還清。」
難怪他看起來沒什麼精神……
如果是自己創業失敗也就算了，但他是因為替祖父收拾殘局才被欠債追著跑。
「我允許各位在魔物領域狩獵。但請繳納成果的三成作為稅金。」
「我知道了。」
貝克納男爵說完後便返回屋內。
「威爾，那個人看起來一臉鬱悶呢。」
「不管是誰，只要欠錢都會變成那樣吧。」
雖然有些人應該會徹底看開。
露易絲應該就是這種類型吧？
貝克納男爵看起來是個性格認真的人，應該無法抵達那樣的境界吧。
「問題是我們真的有辦法抓到魔物嗎？」
「通常是沒辦法。不僅只會白費工夫，還非常危險。」

冒險者經歷比我們長的卡琪雅和莉莎，都不太樂意捕捉魔物。

魔物平常只能作為狩獵的對象，而且比一般動物巨大和凶暴。

捕捉魔物需要具備遠遠凌駕目標的實力，而且就算抓到也「沒什麼意義，還是必須趕緊讓魔物斷氣並解體」，所以確實是白費工夫。

過去或許也有貴族或有錢人……嘗試飼養魔物吧？

雖然感覺應該不會有什麼好結果。

「布魯克先生，我今天應該幫不上什麼忙……」

「不，艾莉絲夫人要扮演最重要的角色。」

「是這樣嗎？」

「是預測會出現很多傷患吧？」

「卡特琳娜，別說這麼可怕的話啦。」

「但捕捉魔物就是這麼一回事吧。」

「研究院之類的機構偶爾會基於研究目的，委託冒險者們捕捉魔物，但有時候甚至會因此出現死者。」

「看吧，莉莎小姐也這麼說。」

我怕艾莉絲每天照顧小孩會累積過多壓力，所以今天找她一起來狩獵。

艾莉絲基本上沒有戰鬥能力，所以無法捕捉魔物。

艾莉絲認為自己就算參加也幫不上忙，而布魯克並不這麼認為，但不知為何最後是由卡特琳娜代替她發問。

她推測是因為將出現許多傷患，所以才需要艾莉絲這位治癒魔法師。

「實際上是怎樣？」

「需要艾莉絲夫人對魔物使用治癒魔法。」

「這是什麼意思？」

這次換泰蕾絲向布魯克提出質問。

「因為要從變成魔物的牛體內取出魔石。」

「這樣魔物不會死掉嗎？」

「不會。研究院以前有做過實驗。」

布魯克回答伊娜的疑問。

研究院居然連這種實驗都做過。

「雖然這些知識平常沒什麼機會派上用場。」

畢竟就算等殺死魔物後再解體，也不會有什麼困擾。

不如說這麼做還比較安全，也比較省事。

「牛在化為魔物後，體格會變龐大，希望能在盡可能不讓牛受傷的情況下抓到牠……如果辦不到就要依靠艾莉絲夫人的治癒魔法……之後我會取出魔物體內的魔石。這就是讓魔物恢復成巨大動物的方法。我一定能成功馴服牠們。」

「就這麼簡單嗎？」

只要取出魔物體內的魔石，就能讓牠們恢復成巨大的動物。

魔物是因為體內有魔石，而且棲息在魔物領域才被稱作魔物。

但只要活捉後取出體內的魔石，在牧場馴服後就會變成家畜。

艾爾懷疑事情是否真的這麼簡單。

「實際試試看就知道了。」

「露易絲說得沒錯。」

於是我們和布魯克一起進入貝克納男爵領地內的魔物領域。

＊　＊　＊

「噗喔————！」

「突然衝過來了！威爾！」

「交給我吧。」

貝克納男爵領地內的魔物領域不是森林，而是草原。

草原附近有牧場的廢墟和破爛的柵欄，牛應該就是從那裡逃進魔物領域吧。
我前世偶爾會看到有牛逃走的新聞，所以或許這不是什麼稀奇的事情。
牛變成魔物後，體格當然非常龐大。
牠一發現我們就展現出敵意，以普通牛絕對不會有的速度衝過來。
艾爾應該有能力打倒那頭牛，但叫他生擒就有點困難。
「威爾，怎麼辦？」
「為了應付這種情況，我將『區域震撼』改良為『電擊彈』了。」
那是一種混合了火魔法和風魔法的雷魔法，能用電流麻痺目標。
「那招沒問題嗎？」
「當然。」
就算失敗，也只會讓魔物被電死。
可以確保自己的安全。
「接招吧！」
因為目標是體格龐大的魔物……所以不能把魔法的威力調得太弱……
魔物牛一被我練習過的「電擊彈」射中，就當場倒下。
「要上嘍！」
「交給我吧！」

「綁起來———！」

看來我成功麻痺目標，沒有失手殺了牠。

伊娜她們立刻按照事先擬定的計畫，用繩子把魔物牛綁起來。

「不過……有辦法在魔物還活著的時候取出魔石嗎？我記得魔石是位於心臟附近吧。」

「交給我這個獸醫吧。」

布魯克像是在回答卡琪雅的疑問般，用大刀子切開被綁住的牛，成功取出牠體內的魔石。

「接下來就要麻煩艾莉絲大人了。」

「嗯，是要治療手術的傷口吧。艾莉絲，妳有辦法治療牛嗎？」

「是的。無論對象是人類或魔物，治癒魔法的效果基本上都一樣。」

艾莉絲說完後，替魔石已經被取出的牛施展治癒魔法。

傷口立刻開始癒合。

通常就算對魔物施展治癒魔法也只是浪費魔力。

「治好了。」

「艾莉絲夫人的治癒魔法真了不起。這樣魔物就恢復成家畜了。」

「感覺還滿容易的呢。」

「艾爾，這你就錯了。」

首先，必須要盡可能在不讓魔物牛受傷的情況下抓住牠，很少有冒險者能辦到這點。

畢竟生擒就無法獲得素材和魔石。

愈有實力的人就愈討厭這種工作。

而實力不足的冒險者應該會被牛撞成重傷，甚至可能因此喪命。

畢竟魔物牛的體格幾乎比被飼養的牛還要大上一倍。

再來是布魯克作為獸醫的技術。

他對牛的身體構造了解得十分透徹，所以才能在不傷及心臟與重要血管的情況下取出魔石。

最後還要有艾莉絲的治癒魔法。

這意外地是個難度很高的工作，一般的冒險者隊伍根本辦不到。

考慮到付出的勞力與報酬不成比例，就算有實力完成，應該也沒有冒險者會接受這種委託。

「再來只要不斷重複相同的流程就行了。取出魔石的牛，就先綁在魔物領域外面的廢棄牧場吧。」

布魯克管理的動物園員工和牧場職員都在那裡待命。

布魯克表示雖然他們比不上自己，但也很習慣應付動物。

「麻痺還沒恢復，要直接搬過去嗎？」

「我搬得動。」

「喔喔！不愧是薇爾瑪！」

薇爾瑪扛著原本是魔物但已經失去魔石的牛，將牠搬運到領域外面。

不愧是我們當中力氣最大的人。

「威爾大人，我肚子餓了。」

「這給妳吃。」

「點心好好吃。」

不過搬運那麼大的東西，果然還是會消耗許多能量。

她在工作的同時，也吃了大量的甜點。

露易絲和卡琪雅發揮她們敏捷的身手，將牛引誘到這裡，我、卡特琳娜、泰蕾絲和莉莎用「電擊彈」麻痺那些牛後，保險起見還是會讓伊娜和艾爾把牛綁起來。

布魯克從麻痺的牛身上取出魔石，再讓艾莉絲用治癒魔法治療手術傷口。

薇爾瑪將被治好的牛搬到魔物領域外面後，再由同行的警備隊員們用推車運送到廢棄牧場。

布魯克的部下們負責安撫和照顧那些從麻痺狀態恢復的牛，再運到魔導飛行船上。

我們搭乘的魔導飛行船是能夠載運大量馬匹的型號，稍微改良過後就能載運牛了。

等裝滿牛後，魔導飛行船就會將那些牛運到蓋在鮑爾柏格郊外的牧場。

「話說薇爾瑪，妳居然一個人就搬得動那麼大的牛。」

「你要試試看嗎？」

「妳想害我的腰斷掉啊！我又不是導師！」

這些體重推測超過一噸的牛，確實只有薇爾瑪搬得動。

導師如果沒用「魔導機動甲冑」，應該也很難搬得動。

但這樣效率太差，所以沒必要這麼做。

「老公，要繳給貝克納男爵的稅金怎麼辦？活捉無法取得素材吧。」

「那乾脆把魔石都給他吧？」

「這樣會不會太慷慨了？」

冒險者在貴族領地的魔物領域狩獵時，偶爾會因為稅金起爭執。

貴族會希望盡可能從冒險者那裡多徵收一點稅金，冒險者這邊則是相反。

如果領地內有冒險者公會，就能直接對獵物進行估價並按照比例繳納稅金，但貝克納男爵領地內沒有冒險者公會。

如果沒處理好，或許會引起糾紛。

所以我打算把取出的魔石全數繳交出去。

這樣輕易就會超過約好的三成，對方也很難有怨言。

我們想要的是活著的牛和山羊，只要去其他魔物領域，想採多少魔石都不成問題。

卡琪雅和我一樣生性節儉，所以不太願意多繳稅金。

由此也能看出她是個徹頭徹尾的冒險者。

「這也是為了預防他事後跟我們討牛。我們這次帶了大批人手進入他的領地，多的錢就當作是補償金吧。我再怎麼說也是鮑麥斯特伯爵，不能表現得太小氣。」

「說得也是。看來我還無法擺脫冒險者時期的習慣。」

「這表示妳很有經濟概念，所以不是一件壞事。這對保護家族也很重要。」

雖然貴族收入豐厚，但還是有些貴族因為亂花錢和四處欠債而導致家裡破產。

卡琪雅這樣遠比他們好多了。

「看貝克納男爵那陰沉的表情，應該是因為祖父的負債吃了不少苦吧。這些魔石的等級也沒有龍那麼高。最好還是慷慨地繳交出去。」

「原來如此。前菲利浦公爵也這麼判斷啊。」

「有錢人太小氣可不是件好事。比起事後因為遭到其他攻擊而蒙受損失，事先多花一點錢也是一個方法。」

該在意的不是短期，而是長期的利益得失。

泰蕾絲曾經是菲利浦公爵，所以才會有這樣的想法吧。

「話說已經抓了不少頭呢，還要再抓嗎？」

「當然。畢竟只有一半是我們想要的母牛。而且如果不是生產過的母牛，就擠不出奶。為了能夠穩定供應乳製品，還需要再多抓幾隻。」

「抓這麼多沒問題嗎？」

「嗯。畢竟鮑麥斯特伯爵家直營的牧場很大。」

我們領地多的是土地，就算抓幾千或甚至幾萬頭牛也沒問題吧。

不然也能再增設牧場。

只是到時候又得召集人手。

「咦？那公牛要怎麼辦？」

露易絲向布魯克詢問那些公牛的下場。

「體格好的公牛會留下來當種牛，其他則是肥育一段時間後當成食用牛。雖然目前還沒抓到，但山羊之後也會照相同的方式處理。」

原來如此，不會拿來配種的公牛之後會進行肥育，然後當成食用牛。

雖然身為前日本人……我內心稍微有點同情牠們，但立刻就想到應該會很好吃。

「（牛可以做成……牛排、烤牛肉、涮涮鍋和壽喜燒！繼續加油吧！）這也是為了能夠穩定地供應乳製品給鮑麥斯特伯爵領地的領民們。」

不過變成魔物的牛比預期的還要多，或許還得再努力幾天才行。

我們可以靠「瞬間移動」回去，所以中間會回去看一下腓特烈他們，然後再繼續捕捉魔物牛吧。

「那山羊呢？」

「這麼說來，一隻都沒看見呢。」

「貝克納男爵有說他的祖父也曾經養過山羊吧？」

「確實是有說過。」

真奇怪？

這個魔物領域至今都只有出現魔物牛。

就在我想到這裡時，常在魔物領域內出沒的狼現身了。

這些狼的體型也比普通的狼大一倍以上……

「威爾！你看！」

「嗷嗚————！」

「嗚！嗚！」

雖然狼總算現身，但牠們立刻被衝過去的牛撞飛，發出哀嚎逃跑了。

從牠們蹣跚的腳步來看，應該是受傷了。

「看來在這塊魔物領域中，魔物牛算是相當強悍的存在。」

布魯克的推測應該沒錯。

對狼來說，那些牛就像失控的卡車一樣危險。

既然能找到其他獵物，就不必刻意把牛當成目標。

「雖然想把這種牛變成家畜的我們也半斤八兩。」

「哈哈哈。艾爾文先生，只要摘除魔石，魔物就會變安分。」

布魯克表示牛的魔石被摘除後，還需要過一段時間才會變得安分，不過他也知道讓牠們在這段期間乖乖聽話的飼養方式。

「再多抓一些吧。」

接下來的幾天，我們持續捕捉魔物牛，摘除魔石後再放到鮑爾柏格郊外的牧場裡。

之後，我們換發現了山羊的魔物。

這種魔物羊的體型也比普通羊大一倍以上，公羊的角看起來又大又尖。

「長得很像角羊呢。」

「是啊。」

之前去過的帕爾肯亞平原，有許多這種特徵是長著大角的魔物羊。

這裡的看起來是山羊版本。

這個世界有野生動物的山羊和已經變成家畜的山羊，這些山羊逃進魔物領域後似乎變成了魔物。

「和處理牛的時候一樣，把這些羊抓起來然後摘除魔石吧。」

將野生的牛和山羊馴服為家畜後，就能進行品種改良，培育出體型較大、產乳量較高或肉質較好的後代，但這需要耗費漫長的時間。

然而，如果是用從家畜變成魔物後才變大的牛和山羊，就能縮短品種改良和肥育的時間。

這是有魔物領域的這個世界特有的方法。

但終究是有能力採用這種方法的人才能享受到的恩惠。

「威爾，還有毛特別長的山羊呢。」

「在哪裡？啊！」

那頭羊長得和喀什米爾山羊有點像。
這個世界也有類似喀什米爾山羊的羊嗎？
而且毛的品質看起來很好。
再加上體格龐大，應該能獲得比一般的喀什米爾山羊還要多的羊毛。
「也把那隻山羊抓起來吧。之後可以用牠新長的毛，或是用梳子梳下來的細毛作小孩子的衣服。」
喀什米爾嬰兒服。
穿起來應該很舒適……咦？艾莉絲她們的反應好像有點冷淡？
「威爾，這時候應該也要送我們山羊毛做的衣服吧。」
「是啊。威爾就是這點需要改進。」
「威爾大人，這種時候應該優先想到我們。」
「就是啊。」
「沒錯！沒錯！」
「威德林，你真的一點都沒變呢。」
「老公，加油吧。」
看來如果什麼事都以腓特烈他們為優先，會害妻子們心情不好。
像我這種原本個性內向的人，實在不擅長應付女性。

「艾莉絲？」

「那頭山羊的毛看起來好柔軟。我也想要呢。」

於是，我接連使用「電擊彈」讓那些山羊麻痺。

那些山羊在被布魯克取出魔石並接受艾莉絲的治療後，就被用魔導飛行船載往牧場。

「已經抓了不少牛和山羊了吧？」

「這次這樣應該就差不多了。如果抓太多照顧起來會很辛苦。現在人手還不夠。」

我們決定停止捕捉，返回鮑麥斯特伯爵領地。

在那之前，我們帶著這次獲得的魔石造訪貝克納男爵家。

「這次沒有收集魔物身上的素材，所以將魔石全數上繳。」

正常的納稅比例是三成，這些魔石的價值一定超過這個比例，所以應該不會造成問題。

「鮑麥斯特伯爵大人。」

「是的？」

貝克納男爵是有什麼不滿嗎？

難道支付現金比較好嗎？

「謝謝你！這樣就能還清許多債務了！以後也請盡情來這裡抓牛或山羊的魔物！啊，不如把我的女兒許配給鮑麥斯特伯爵大人！」

「呃，那樣就有點……」

貝克納男爵收到大量牛和山羊的魔石後，因為能夠還清許多債務而興奮不已。到這裡都還好，但真希望他別在艾莉絲她們面前說要把女兒嫁給我。

這讓我感覺到背後傳來一陣寒意。

＊　＊　＊

「你看這個。這種山羊的毛又細又軟，觸感也非常好，可以製成在南方也能穿的薄毛衣。王都應該也有這方面的需求。」

「這樣啊。」

「如果之後產量變穩定，請賣給我。」

在我們的努力下，鮑爾柏格郊外的牧場擠滿了許多牛和山羊。

我們請坎蒂先生幫忙製作類似「喀什米爾毛衣」的衣服，艾莉絲她們正開心地試穿。

「那些山羊魔物是棲息在小領主混合領域，而且還變成魔物了吧？牠們相當耐熱，所以用這種毛製作的衣服在熱帶地區應該也能穿。」

看來因為那些山羊變成了魔物，所以連毛都變得能適應炎熱。

「威爾，謝謝你也一併送我衣服。」

「因為亞美莉大嫂穿起來也很好看。」
「主公大人，真不好意思，居然連我都一起送。」
「因為遙平常都在幫忙照顧腓特烈他們啊。」
「穿起來感覺很時髦呢。瑞穗都沒有這種衣服。」
這次亞美莉大嫂和遙都留在家裡幫忙照顧腓特烈他們。
所以我也有拜託坎蒂先生幫她們製作夏季毛衣。
「腓特烈他們也很開心呢。」
「畢竟是高級品。」
「威爾，小嬰兒應該不懂這些吧。」
「但他們知道什麼是好東西。而且觸感也很好。」
我拜託坎蒂先生用喀什米爾羊毛製作嬰兒服，腓特烈他們看起來也對新的嬰兒服非常滿意。
「親愛的，艾格妮絲她們也……」
「說得也是。」
在我們去抓牛和山羊的期間，羅德里希委託艾格妮絲她們協助領地內的土木工程。
雖然有正式的報酬，但作為給她們添麻煩的賠禮，也送她們這種像喀什米爾羊毛衣的衣服吧。
當成假日的便服，應該能營造出成熟的感覺。
坎蒂先生也有作為服裝設計師的才能。

雖然比起多才多藝，他好像更想要「真實的愛」。

「老師，謝謝你。」

「這種衣服的觸感好棒。」

「老師，下次休假一起出去玩吧。我會穿這件衣服去。」

看來艾格妮絲她們也很喜歡這種像喀什米爾羊毛衣的衣服。

「我也找到了不錯的商品。」

之後，坎蒂先生開始跟我們進這種類似喀什米爾羊毛的原料製作服裝，並逐漸打響名聲。

然後，貝克納男爵也察覺自己領地棲息著許多值錢的魔物，他從王都找來布魯克的弟弟，活捉已經變成魔物的牛和山羊讓牠們恢復成家畜，重新發展畜牧業。

拜此之賜，貝克納男爵家順利還清祖父留下的債務，靠乳製品、肉品和羊毛等特產品打響名號。

＊　＊　＊

「老師，你在做什麼？」

「我在做奶油。不過要先從鮑麥斯特伯爵家直營農場產的牛乳中，分離出鮮奶油。」

「你一直在用魔法旋轉牛奶耶。」

「老師，這個房間是不是有點冷？」

「我在分離鮮奶油的同時，用魔法降低了房間和容器的溫度。畢竟鮑麥斯特伯爵領地很熱。」

在沒有人類朋友，但能立刻和動物混熟的布魯克的協助下，我很快就獲得了重新恢復成家畜的牛產的牛奶。

這種牛奶直接喝味道也很棒，艾爾現在早上鍛鍊完後也都會一口氣喝完一杯冰牛奶。

我現在才發現，就算世界不同，還是有一定比例的人在喝瓶裝冰牛奶時會將手扠在腰上。

我將牛奶放進金屬製的盆子裡冷卻整整一天後，確認內部的狀況。

這樣做能讓牛奶的脂肪成分浮在頂層，藉此取得鮮奶油。

不過這是因為這個世界的牛奶不像地球市售的牛奶那樣，有經過均質化處理。

均質化處理是指透過攪拌或超音波打碎牛奶的脂肪球，讓牛奶品質均一化的程序。

這是我前世去牧場處理工作時，聽那裡的老闆說的。

經過均質化處理的牛奶很難分離出脂肪成分，所以市售的牛奶大部分都有經過這道程序。

反過來講，也正是因為經過均質化處理的牛奶難以分離出脂肪成分，才無法分離出鮮奶油。

換句話說，經過均質化處理的牛奶通常是用來直接飲用或加進料理中。

雖然這個世界不會進行這種處理……但我做得到，所以我處理好牛奶後放進冰箱裡保存。

等腓特烈他們斷奶後，這些牛奶一定能幫助他們成長。

「溫度低一點會比較容易分離出鮮奶油吧。」

「貝緹，豬的脂肪在溫度過高時也會變成液體吧？簡單來講，因為鮮奶油是牛奶的脂肪成分，所以如果溫度過高就無法分離。」

「老師真是博學多聞。」

「不愧是老師。」

「原來鮮奶油是這樣做出來的。老師果然很厲害！啊，難怪鮮奶油這麼貴，哥哥平常也很少進貨……」

艾格妮絲她們對我讚譽有加，但這些都是前世的知識。

如貝緹所說，鮮奶油的產量稀少，所以價格昂貴……

甚至還有冒險者專門從養育幼崽的母魔物身上擠奶來賣。

只是在這種情況下，奶的價格會因為魔物的種類產生很大的落差。

例如有腥味、味道太重，或是味道太淡等等。

這類魔物奶都無法賣到高價。

我記得長得像水牛的魔物的奶，價格就相當昂貴。

既然長得像水牛，應該是牛的親戚吧。

如果畜牧業變得更加發達，牛奶和鮮奶油的價格應該也會下滑吧。

「將剛採到的鮮奶油放進密閉容器，然後不斷用力上下搖晃。」

自己做手會很瘦，所以當然是使用魔法。

這可不是偷懶。

而是提升生產效率。

「無鹽的奶油之後可以給艾莉絲她們做甜點，有加鹽的塗在烤麵包上則是會非常美味。」

剛做好的奶油和烤過的麵包是絕配。

我喜歡奶油勝於果醬。

「新鮮的奶油味道很棒呢。」

「真好吃。」

「雖然沒辦法在哥哥的店裡賣，但很美味呢。」

艾格妮絲她們也津津有味地吃著塗了新鮮奶油的烤麵包。

「然後是這個已經分離出鮮奶油的牛奶。加入在魔之森採的香蕉後……」

另外再加入蜂蜜放進攪拌器攪拌過後，就成了「香蕉奶昔」。

這臺以魔力驅動的攪拌器，是以前在魔之森的地下遺跡找到的古代魔法道具。

「好好喝。」

因為是脫脂牛奶，所以只要給剛做完訓練的艾爾喝，就能發揮消除疲勞和合成肌肉的效果。

「對了。也請警備隊的人喝香蕉奶昔吧。」

訓練完後喝這個，能有效增加肌肉。

「真好喝。不過沒想到這麼快就能生產牛奶。」

「因為有抓到生產過的牛。」

只要餵生過小孩的母牛吃飼料，馬上就能擠奶。

之後會從抓到的公牛中挑出優秀的個體和還沒生產過的母牛配種，讓那些母牛也能開始產乳。

「還需要一些時間才能提升產量。」

「剩下的公牛呢？」

「肥育後吃掉！」

「之前待在王都時曾有貴族送威爾牛肉，但那些肉筋太多不怎麼好吃呢。」

艾爾說的沒錯，因為魔物的肉比較好吃，所以這個世界的牧場大多不會認真養牛。

不過因為養牛的人不多，所以就算不怎麼好吃，還是會有許多貴族或有錢人花大錢購買。

其實就是為了虛榮而買。

艾爾這段話也是在暗示魔物的肉比較好吃。

他對公牛肉的味道不抱期待。

「但既然有我參與，就一定要讓牠變好吃。」

雖然我主要的目標是乳製品，但有好吃的肉也不是壞事。

只是因為無法在短期內提高生產量，所以還是會被當成高級品。

「我還做了這個東西。」

我向艾爾和艾格妮絲她們展示事先用魔法做的「優格」和「起司」。

用正常作法很花時間，但這個世界的魔法不管是做乳製品或釀酒都很方便。

優格的種菌我是從其他地方買的。

雖然王都也有賣，但這算是相當高級的商品。

大概是因為作為原料的牛奶非常貴。

將買來的優格種菌加進牛奶，在約四十度的環境放置整整一天後，就能做出優格。

「加蜂蜜和水果一起吃就能調出剛剛好的酸味，非常好吃喔。」

我也試著把魔之森產的水果加進優格攪拌，做成冰沙。

「這對美容和健康都有好處。」

冰沙這種飲料非常受女孩子的歡迎。

「好喝又健康，真的好厲害喔。」

「老師好擅長想出各式各樣的料理。」

「哥哥……都想不出來……下次也教他怎麼做吧。剩下的事，蘿莎姊會幫忙想辦法。」

「妳還是一樣不信任自己的哥哥呢。」

「艾爾文先生，我不是不信任他。只是哥哥缺乏獨創性，所以不太會應用新的東西。」

「這段話也不是在稱讚人吧……」

喝了用各種水果和優格做成的冰沙後，艾格妮絲她們都露出滿足的表情。

「再來是做起來很簡單的起司……」

只要把牛奶加熱到六十度，再加入檸檬汁和魔之森能採到的柑橘類果汁。等牛奶分離後用布過濾，就成了簡易版的茅屋起司。

雖然這和有經過熟成的起司不太一樣，但能用在料理和甜點上。

我這次只有簡單地和蜂蜜與切過的水果混在一起。

完成品就像簡易版起司蛋糕，味道也很不錯。

「接下來把製作茅屋起司時獲得的乳清和牛奶以一比一的比例混合，同樣加入柑橘類果汁用火加熱。之後再以細密的布篩出分離物。」

這樣就能做出瑞可塔起司。

「這種起司可以用來做沙拉或甜點，加進鬆餅裡還能烤出溼軟的口感。」

我立刻準備烤鬆餅。我將麵粉、砂糖、蛋、牛奶和瑞可塔起司均勻攪拌。然後加入事先用蛋白打的蛋白霜，烤出又鬆又軟的厚鬆餅。

「威爾真的很喜歡這種東西呢。」

我將兩片鬆軟的厚鬆餅疊在一起，加上打發的鮮奶油、巧克力醬和各種水果切片，做出一份即使直接拿去店裡賣也沒問題的鬆餅。

如果是在地球，女孩子們一定會拍照再上傳社群平臺。

「唔哇……看起來好好吃。」

「我還會繼續烤，給艾莉絲她們當早餐吧。」

「我也來幫忙。」

我和最近受到哥哥的影響開始認真學習料理的貝緹一起烤鬆餅，在上面加上鮮奶油與水果切片裝飾。

除此之外，還有加了牛奶和乳清烤的鬆軟麵包，以及新鮮奶油。

再加上各種冰沙，以及加了茅屋起司和瑞可塔起司的沙拉和甜點。

看著這些料理，我再次慶幸自己抓了許多牛回來。

能夠穩定獲得乳製品的生活，果然很棒。

「威爾，一大早就好豐盛啊。以前都買不到奶類和乳製品呢。」

「因為鮑麥斯特騎士領地以前沒賣啊。」

鮑麥斯特騎士領地不知為何沒有山羊，所以連羊奶都沒得喝。

至於馬奶則是必須優先給小馬，所以不能給人喝。

「雖然產量還不多，但布魯克一定會想辦法。」

畢竟他雖然沒有人類朋友，但很快就能和動物混熟。

「威爾……不需要把話講成這樣吧。」

伊娜對我提出忠告，但布魯克本人看起來並未因此所苦。

畢竟就算沒朋友，他人面還是很廣，也能正常和羅德里希他們互動。

或許布魯克只是「假邊緣人」。

真正的邊緣人應該是像十二歲前的我那樣……我一想起來就感到心痛，還是吃早餐吧。

「大家開動吧。」

我請艾莉絲她們試吃用乳製品製作的早餐。

「這鬆餅看起來好豪華。而且好鬆軟。」

「晚點教我怎麼做。」

「謝謝你。」

我們順利替牧場取得了牛和山羊，接下來就交給布魯克提升乳製品和肉的產量。

由我開始的一連串計畫姑且是以成功收場，但鮑麥斯特伯爵領地畢竟太熱了，所以在酪農業的產量方面，之後還是贏不了王國北部和阿卡特神聖帝國吧。

雖然這個世界的牛比霍爾斯坦牛還要耐熱，但天氣熱還是會導致牛奶的產量下降。

「唔……阿爾馮斯這傢伙。居然參考本宮的信，開始模仿威德林了。」

「菲利浦公爵領地很冷，比酪農業絕對贏不了他們！」

幾十年後，菲利浦公爵領地成為琳蓋亞大陸酪農業最興盛的地區，但沒有人發現他們其實是在模仿我。

第六話　畜牧與酪農與假邊緣人嫌疑

「鮑麥斯特伯爵，雖然奶類和乳製品也不錯，但男人就該大口吃肉！」

「喔……」

「不曉得是不是因為原本是魔物且經過肥育，這肉真好吃呢！」

導師表示有禮物要給腓特烈他們，所以我們今天在官邸的庭院裡舉辦烤肉派對。

我們順便試吃了布魯克重新家畜化並進行肥育的魔物牛和山羊的肉，烤網上擺了大量的肉，導師更是吃得津津有味。

「威爾，山羊肉的味道很強烈呢。」

「唔……」

山羊能夠適應嚴苛的環境，是地球也很常飼養的家畜，缺點是羊肉和羊奶的味道很強烈。

這個世界的山羊肉味道也有點強烈呢……

我不太喜歡。

「導師倒是毫不在意。」

「導師就連沒做什麼事前處理的魔物肉都能吃得津津有味。」

他並不是不懂味道，只是也喜歡這種自然風味的料理。

我和艾爾都想起導師以前只有在魔物肉上灑鹽，就直接烤來吃的事情。

雖然艾爾也能毫不在意地吃下那種肉，但坦白講我不太喜歡。

「話說導師送的禮物是什麼？」

「腓特烈他們一定也會喜歡！然後搶著去坐！」

導師回答艾爾時，順便吹噓自己帶來的禮物。

「（這種時候的導師很危險。）」

「（是啊……）」

「（我也這麼覺得。）」

泰蕾絲和今天也來造訪的布蘭塔克先生，都覺得導師送給小嬰兒的禮物應該會很危險。

雖然他們沒親眼看過就妄下定論……但我也認同他們的想法。

「在下自己也有小孩，知道再過不久就能帶腓特烈他們外出散步了！所以在下就委託熟識的工匠打造了嬰兒車！」

這個世界也有嬰兒車。

只要用途一樣，就算是不同世界，人類也會做出相同的東西。

不過貴族使用的嬰兒車無論素材、設計和裝飾都很豪華，還會加上家徽，這樣才能向看見嬰兒車的人炫耀。

導師帶來的禮物，似乎給緋特烈他們用的嬰兒車。

他立刻從「魔法袋」裡拿出嬰兒車給我們看。

「嬰兒車啊。緋特烈他們一定也會很開心……咦？」

「那個……舅舅？」

導師展示的嬰兒車，讓大家都啞口無言。

那輛嬰兒車看起來相當費工。

從素材來看，應該也花了不少錢。

雖然非常感激，但他的品味實在又糟又詭異……除了我和艾莉絲以外，其他人都不曉得該說什麼。

「為了讓鮑麥斯特伯爵的孩子們能健壯地成長，在下親自向工匠訂做了這輛嬰兒車！」

「是導師設計的嗎？」

「雖然在下不習慣做這種事，但還是努力了一下！」

「感覺你努力的方向錯了……」

雖然導師不習慣做這種事……但工匠們都是專家。

應該會按照委託人要求的設計，打造出有一定水準的東西。

所以就算導師的品味有點糟……應該說糟得不能再糟，布蘭塔克先生還是不敢發表太直接的意見。

「威爾大人，感覺好恐怖。」

「（看起來真詭異……）」

導師送的嬰兒車毫無疑問是男生用的。

這輛嬰兒車被打造成動物造型，雖然能感覺到他想討小嬰兒或小孩子歡心的意圖，但最後還是朝錯誤的方向全力衝刺。

「有三顆頭耶。」

「伊娜姑娘，很帥對吧？」

「很帥……嗎？」

因為是動物造型，所以嬰兒車的外側裝了動物的毛皮。

從尺寸來看，應該是熊的毛皮。

前方還有用動物的頭製成的標本，分別是小熊、山豬和有角的公鹿，這造型簡直就像地獄看門犬刻耳柏洛斯。

嬰兒車後方還裝了熊、山豬和鹿的尾巴。

從這些細節可以看出這輛嬰兒車相當精緻。

雖然精緻，但是否符合消費者的喜好又是另一回事了……

我在看過這輛嬰兒車後，深刻體會到這一點。

「腓特烈他們一定也會覺得『很帥氣』！」
「（會嗎？）」
露易絲露出困惑的表情。
日本也有許多動物造型的嬰兒用品，這輛嬰兒車一定也是基於這樣的想法製作。
只是導師的品味和喜好與一般人有很大的差異。
通常為了討小孩歡心，都會將動物設計成簡化過的可愛版本，可惜這種想法在這個世界尚未被廣泛接受。
所有動物素材都是直接使用所以過於逼真，偏離了導師原本的意圖。
雖然本人看起來完全沒發現……
「（導師很有錢，所以這東西的品質好到浪費呢。）」
我覺得「浪費」才是泰蕾絲想表達的重點。
如果他沒有出什麼鬼主意，直接仰賴工匠的品味和技術打造嬰兒車，事情就不會變成這樣了吧。
「我還準備了另一個禮物！」
說完後，導師從「魔法袋」裡拿出嬰兒用的床鈴。
那是一種吊在嬰兒上方的玩具。
腓特烈他們剛出生時有收到幾件床鈴，我們一直輪流使用這些床鈴，而導師這次又帶了新的過來。

「（老公，我有不好的預感。）」

「……」

我完全無法否定卡琪雅的擔憂。

導師已經搞砸了嬰兒車。

根本無法想像他會拿出正常的床鈴。

「是這樣的床鈴！在下參考了鮑麥斯特伯爵之前提供的意見！」

這裡是庭院，所以導師用「念力」讓床鈴浮在空中。

大概是想配合腓特烈他們的房間大小吧。這個相當巨大的床鈴……結果也一樣……

上面掛的並非簡化過的可愛動物，而是鳥、昆蟲和小動物的標本，坦白講看起來相當驚悚。

我們再次啞口無言。

這些東西都讓人忍不住想大喊「哪有這種嬰兒用品啊」。

「（威爾……）」

「（我當初根本不是這個意思！）」

很難跟這個世界的人傳達簡化過的可愛動物角色的概念。

雖然我不知道導師是怎麼理解的，但真希望他不要直接把動物標本掛在床鈴上。

正常的小嬰兒一定會嚇到哭出來，對情操教育也不好。

「（對導師的感性抱持期待，本身就是一個錯誤。）」

「（是啊，還要考慮到衛生方面的問題……）」
在小嬰兒的房間放標本實在不太妥當。
亞美莉大嫂的意見是正確的。
再來就是如同莉莎所說，原本期待導師具備和一般人相同感性的我，沒有對他詳細說明清楚導致這樣的結果也有責任。
「鮑麥斯特伯爵，腓特烈他們一定也會喜歡！對吧，艾莉絲？」
「是啊……」
以艾莉絲的性格，根本無法說出「怎麼可能啊」。
導師送的嬰兒車和床鈴，後來就這樣被擱置在倉庫裡。

＊　＊　＊

「這是牛肉啊！真好吃！」
「是啊。以前其他貴族請我吃這個的時候，我只覺得這種肉的筋很多一點都不好吃。」
先不管導師送的禮物，我們今天用布魯克帶來的牛肉在庭院裡舉辦了一場烤肉派對。
我們立刻端出用炭火烤的牛肉，獲得了導師和布蘭塔克先生的好評。

「因為原本是魔物嗎？」

「這也是原因之一，但純粹是飼料的問題。」

「飼料？」

在這個世界被貴族視為高級品的食用牛，都是用草當飼料。

雖然也有人覺得牛本來就該吃草，但地球的食用牛現在都是吃穀物長大。

不然就無法產生那種柔軟的肉質，更不用說霜降肉。

所以聽說以前的牛肉料理都是以燉煮為主。

我前世認識的肉店老闆曾經說過有些地方只會餵牛吃草，所以產出的幾乎都是瘦肉，那些便宜的肉主要是用來製造加工品，「吃起來真的只有草的味道」。

當然，也不會直接烤來吃。

我想起現代也有所謂的草飼牛肉或草飼奶油，只是這些商品相當昂貴，通常只有少數名流會買。

尤其是草飼奶油，價格高得嚇人。

不過這個世界使用的牧草並沒有那麼講究，應該無法產出能讓名流喜歡的美味有機肉品……

只吃草的牛肉，絕對贏不了魔物肉。

有錢人多半是因為愛慕虛榮才買牛肉。

「我是餵這頭牛吃穀物。」

「真是奢侈呢。」

這個世界的食物並不充裕，所以通常不會用穀物當飼料。

我前世曾聽說過生產一公斤的肉需要消耗十公斤的穀物，所以只有最近農地急速擴展且生產量大幅提升的鮑麥斯特伯爵領地能夠做到這種事。

「威爾大人，再來一份。」

「好，請用。」

「真好吃。」

「唔喔──────！在下也不能輸！」

受到薇爾瑪大快朵頤的樣子影響，導師也開始猛吃牛肉。

這樣下去……這兩個人很可能直接吃光一頭牛。

「我還做了新的料理。」

難得取得了牛肉，我也有試著做成烤牛肉。

雖然比較費工，但只要細心一點，不管是誰都能做出美味的烤牛肉。

「親愛的，這個肉裡面還是紅色的，直接吃沒關係嗎？」

「不用擔心。」

這個世界認為吃生肉很危險。

就連瑞穗公爵領地也只會生吃魚肉，其他肉類都要煮熟後才能吃。

所以艾莉絲才會擔心直接吃內部仍是紅色的烤牛肉會不會有問題。

「這是經過低溫調理的肉。」

「低溫調理？我第一次聽說這種料理方式。」

只要以七十五度加熱一分鐘，肉就算是熟了，但這個世界通常會用蒸、煮、烤等方式加熱到全熟。所以視料理方法而定，煮好的肉可能會變得又硬又乾，一點都不好吃。

用來解決這個問題的方法就是低溫調理。

首先要將牛肉放進真空袋……一開始就遇到瓶頸了。

這個世界沒有裝食材用的塑膠袋。

明明低溫調理必須透過真空袋提高加熱效率……

我原本打算改用一般作法，但我突然想起一件事。

在阿卡特神聖帝國陷入內亂的期間，我們曾經用特殊的魔槍狙擊名叫陸龜王虹之阿薩爾德的魔物領域頭目，當時使用的特製魔槍是靠纜線傳輸魔力，並用一種類似橡膠的物質來保護纜線。

據說那個材料是用棲息在北方森林的巨大蛞蝓黏液加工而成。

那或許能夠代替塑膠。

我急忙聯絡瑞穗公爵家，請他把巨大蛞蝓的黏液加工成塑膠袋的形狀。

而且還不用花錢。

我一跟瑞穗公爵說明是要用來對肉進行低溫調理，他就說也想自己嘗試，並送了我許多塑膠袋作為提供創意的回報。

不愧是對食物很講究的瑞穗人。

我將牛肉塊放進以這種方式獲得的塑膠袋裡，低溫隔水加熱。

雖然日本有各式各樣的調理器具，但這個世界沒有能夠長時間低溫加熱的魔法道具。

幸好在古代魔法文明時代的發掘品中有溫度計，所以我用大鍋子燒熱水，把用塑膠袋密封起來的肉塊放進去。

我有在肉上面灑鹽調味，據說比例最好是百分之零點九。

這是因為一旦鹽分濃度超過百分之一，人類的舌頭就會覺得鹹味太重，但如果低於百分之零點七又會覺得味道不夠。

煮義大利麵或烤魚時也適用這個法則。

我的技術不夠好，所以必須用魔法道具測量肉和鹽的分量，不像貝緹的哥哥只需要目測。

他再怎麼說都還是專業廚師。

除此之外，鹽還有從肉裡面逼出多餘水分，濃縮滋味的效果。

接下來是加熱，如果用火或魔導爐加熱會讓熱水的溫度過高，所以我是邊看溫度計邊用魔法加熱。

據說低溫調理肉品時，最好是用五十五度到六十度加熱一個小時以上。

這樣就能消滅會造成食物中毒的細菌，同時把肉加熱到鮮嫩柔軟的狀態。

雖然不記得具體名稱，但過度加熱似乎會讓肉的組織變硬，導致一種能夠提升風味的蛋白質流失到外面。

而如果想提升風味並維持肉的柔軟度，最適合的溫度就是五十五度到六十度。

相對地，加熱的時間也必須拉長，不過在付出這些努力之後就能獲得好吃又柔嫩的烤牛肉。

畢竟是烤牛肉，所以在低溫調理後還是要直接用火烤一下增添香味。

不只是牛肉，我將低溫調理的豬肉和珠雞也一併切片裝盤。

我試著沾鹽巴，搭配柑橘類的果汁，或是沾用醬油與味噌調配的醬汁吃吃看後，發現柔軟多汁的肉非常美味。

這樣應該算大成功吧。

「珠雞肉一點都不柴，非常美味呢。」

「珠雞如果煮太久，肉會變硬。」

特別是胸肉和里肌的部分。

因為脂肪含量少，加熱太久會導致蛋白質過度凝固。

低溫調理就不會有這個問題，所以薇爾瑪滿足地吃著低溫調理的肉料理。

「唔喔————！真好吃！」

她和導師互相爭奪食物。

「喔，用魔法維持熱水的溫度啊。作為伯爵大人的師公，我對你控制魔法的能力愈來愈好這點感到敬佩，但真希望你是用其他方式展現給我看。」

話雖如此，布蘭塔克先生看起來也很喜歡低溫調理的肉料理。

他原本是冒險者，所以經常有機會烤獵物的肉來吃吧。

或許他以前也曾嫌棄過烤太硬的肉。

「威爾大人，再來一份。」

「在下也要再來一份！」

「已經沒有了。」

加熱肉的時候必須用大鍋子煮熱水，並將熱水溫度維持在六十度左右持續一小時以上。

如果是用魔法道具也就算了，但我只靠魔法調理，製作起來相當費工。

而且花一個小時對肉進行低溫調理相當麻煩，所以我將剩下的那些泡過乳清的肉放到網子上烤。

這麼一來，乳清內的乳酸就會和肉的蛋白質產生作用，讓肉變得柔軟。

「威爾真的很像家庭主婦。」

「我是不介意過那樣的生活。」

家庭主夫啊……感覺那樣也不錯。

這樣我就能照顧腓特烈他們，也能以地方貴族的身分窩在領地裡。

實際上確實有很多不曉得平常都在做什麼的貴族。

「不不不，這怎麼行！以威爾現在的立場來說絕對不行吧！露易絲，不要煽動威爾！」

「欸——我又沒說到那種程度。」

「反正王宮的那些貴族也不會允許！」
「我想也是。我們的領主大人也一樣。」
「……這些話聽起來一點都不讓人開心。」
「在下也一樣，這就是擁有龐大魔力者的宿命！」
「魔法師注定要過操勞的生活。雖然收入也很豐厚。今天還是盡情享受烤肉派對吧。」
雖然我很想反駁導師和布蘭塔克先生的說法，但總之用布魯克提供的乳製品和牛肉舉辦的烤肉派對大獲成功。

「咦——！只花半天的時間就把那些肉吃完了？乳製品也一樣？」
「因為有薇爾瑪和導師在。」
「沒想到真的有人比牛還會吃……」
就連熟悉動物的布魯克都沒想到那兩人的食量這麼大，畢竟這種事必須親眼見識過才能夠理解。

＊　＊　＊

「哞——」
（這個世界的牛叫聲也是「哞——」啊……雖然這也是理所當然。）

「明明原本是魔物，現在卻挺乖的。」

「大概是因為沒有魔石吧？」

烤肉派對隔天。

我和羅德里希一起去巡視牧場時，發現布魯克正在替牛做檢查。

如果牛不健康，就無法產出優質的牛奶。

像這樣遠遠看過去，會覺得布魯克真的很有獸醫的樣子。

「主公大人，羅德里希大人。牛隻們都已經習慣這裡，乳量也增加了。」

「那真是太好了。」

我試做了許多種料理，之後鮑爾柏格的餐廳或許也會跟著販賣這些料理。

所以必須讓乳製品的產量穩定下來。

希望布魯克能好好努力。

「之後牧場的規模會愈來愈大，布魯克也必須指揮更多人，你背負的責任非常重大呢。」

布魯克原本的工作是負責管理和繁殖馬匹，所以其實他在鮑麥斯特伯爵家的家臣中，地位算是相當高。

他一直有好好完成我這個鮑麥斯特伯爵家當家指派的工作，同時也是家世良好的禾豐子爵家的人。

目前大家都對他毫無怨言。

但他還是一樣沒有人類朋友……等等，如果一個人類朋友也沒有，就不會遭人嫉妒了吧？

「啊，不過。」

「主公大人，有什麼事讓您感到在意嗎？」

「布魯克還沒結婚嗎？」

按照這個世界的規矩，布魯克也必須結婚生子，努力發展和管理鮑麥斯特伯爵家直營的牧場才行。

但他連一個人類朋友都沒有，這樣不會有問題嗎？

總不可能像「白鶴報恩」那樣與動物結婚，我開始擔心起他能否找到結婚對象。

「我嗎？主公大人，請放心。我原本就有未婚妻，前陣子還和貝克納男爵家臣的千金締結了良緣……」

「真的假的？」

「這是事實。」

我忍不住看向羅德里希，他回了我一個像在說「我早就知道了，這有什麼問題嗎？」的表情。

布魯克平常明明這麼忙，居然還巧妙地找到了第二個老婆，讓我驚訝不已。

「（布魯克明明沒有朋友，為什麼這麼受歡迎？）」

是因為工作能力很強嗎？

他明明長得不怎麼帥，是怎麼在這麼忙碌的狀況下追到那位小姐？

我腦中充滿了問號。

「希望羅德里希大人和主公大人也能來參加我們的婚禮。」

「鄙人已經事先空出時間，所以不用擔心。主公大人也沒問題吧？」

「嗯……我當然要參加！恭喜你，布魯克。」

「謝謝您，主公大人。」

我在回答的同時想著，雖然布魯克本人常說自己沒有人類朋友，但他與羅德里希相當親近，且非常受女性歡迎。

我逐漸覺得所謂的沒有人類朋友只是一個謊言。

「你真的一個人類朋友也沒有嗎？」

「是的。這也是我們家族的宿命。不過和動物就能很快成為朋友。」

布魯克笑著回答我的問題，但「布魯克其實是假邊緣人」的嫌疑，已經逐漸在我心裡萌芽。

因為我比誰都清楚真正的邊緣人是什麼樣子。

雖然這沒什麼好得意的。

第七話　西方動亂的開端

「定時報告沒有異常。艦長，這一帶都只有海而已。」

「是啊，副艦長。不過根據古老的紀錄，魔族居住的國家就在西方……」

「那個情報是真的嗎？」

「不知道。但那裡不可能什麼都沒有吧？」

一艘巨大魔導飛行船正在平穩的大海上航行。

艦名是「琳蓋亞」。

這是一艘以我們居住的大陸為名，全長四百公尺的巨大飛行船。

這艘船是從王都出發，前往西方海域進行調查。

琳蓋亞是很久以前從古代魔法文明時代的地下遺跡發掘出來的飛行船，但直到最近才有辦法使用。

這是因為缺乏作為動力來源的巨大魔晶石。

除此之外，用來支撐這艘巨大船體的裝甲材料也不夠。

因為發掘出來時已有許多裝甲被拆下來，或許這艘船原本正在接受修理和保養也不一定。

就在大家都認為這艘船可能無法服役時，突然發生了奇蹟。

在通往王都的魔導飛行船航線上，出現了幾乎被當成傳說的不死族古代龍。

一名年僅十二歲的少年擊敗了那頭龍，回收的魔石則是被製作成巨大魔晶石，成為這艘船的動力來源。

不死族古代龍的骨頭，也填補了原本缺少的裝甲材料。

雖然聽起來有點過於巧合，但我們當時也有親眼目睹那名少年打倒不死族古代龍的場景。

我和身旁的副艦長當時只能駕駛魔導飛行船四處逃竄。

「當時的少年，現在已經是鮑麥斯特伯爵大人了。」

「看來擊敗不死族古代龍的事蹟並非終點，而是起點呢。」

鮑麥斯特伯爵大人在那起事件後變得愈來愈活躍，我們不知為何也跟著受惠。

這是因為我，科姆索．弗嘉利後來被任命為琳蓋亞的艦長，我長年的搭檔奧波德．貝基姆也被任命為副艦長。

魔導飛行船的船員原本就身兼空軍軍人。

因為在那起事件中保住飛船的功勞，我們被任命為琳蓋亞的艦長和副艦長，兼任西方調查團的團長和副團長。

「我們明明只是四處逃竄，卻成了這艘巨大魔導飛行船的艦長和副艦長呢。」

我們保住了以目前的技術無法製造的魔導飛行船。

雖然這確實是一筆功勞，但主要還是因為剛好鮑麥斯特伯爵大人和布蘭塔克大人都在船上。

儘管運氣成分很高，功勞仍是功勞。

我們被任命為琳蓋亞的艦長和副艦長時，其他艦長們都非常羨慕。

雖然也有人說「你們只是運氣好吧」，但實際上就是這樣，所以我們也無法反駁。

其他艦長當時也是因為有布蘭塔克大人的「魔法障壁」保護，才能毫髮無傷地逃跑。

我們真的只是運氣好而已。

「普拉特伯爵家的少爺真的很吵呢。」

「跟我們說這種話有什麼用，有意見就去找人事部門啊。」

「就是啊。」

空軍裡也有許多代代都是空軍軍人的貴族家。

但空軍是講究實力的世界。

要是讓技術差的人把魔導飛行船開到墜落會造成問題，所以就算是平民也能靠實力往上爬。

我們就是最好的例子。

「那位少爺似乎以為我們是因為有鮑麥斯特伯爵大人的推薦才獲得現在的職位。」

「那算是一種被害妄想吧。」

明明鮑麥斯特伯爵大人他們在打倒不死族古代龍並下船後，就再也沒跟我們見過面。

雖然平民在前線也能往上爬，但地上的管理職幾乎都被貴族大人們獨占。

那些能力不足以在前線管理飛行船的貴族大人們，平常都是在那裡坐領乾薪。

反正就算文件沒寫好，也不會害魔導飛行船墜落。

換句話說，我們之所以能就任這艘船的艦長和副艦長，主要還是因為其他笨蛋同事都是不足以信任的貴族大人。

要誤會也該有個限度。

「貴族大人」是我們這些平民出身的空軍軍人使用的隱語。

專門用來指那些隸屬於空軍，但討人厭又派不上用場的貴族。

「首先，鮑麥斯特伯爵大人又不隸屬於空軍派閥，根本無法干涉空軍的人事吧。」

「他們好像認為可以用開發領地的特權做交易。」

或許真是如此也不一定。

鮑麥斯特伯爵大人的領地目前正在急速發展。

不管送多少物資和人力過去都不夠。

「擊敗不死族古代龍後，他在帕爾肯亞草原的地下遺跡也獲得了許多戰果吧。」

「確實有這件事。」

能夠利用的魔導飛行船數量幾乎翻倍，那座地下遺跡現在已經成了空軍的根據地。

空軍的職缺多了一倍，魔導飛行船的航線增加，人員訓練也進展得很順利。

王國的經濟狀況也隨著交通變得便利持續改善。

「空軍的大人物們在面對鮑麥斯特伯爵大人時，一定都抬不起頭吧。」

「我想也是。而且那位大人好像很少干涉空軍的事情……」

「是這樣嗎？」

副艦長，真虧你連這種情報都知道。

「他好像只有提過『希望盡可能增加開往鮑麥斯特伯爵領地的定期航班』。」不過沒有干涉空軍的人事。「他似乎曾說過『我對空軍的事情不熟，所以就交給你們這些專家處理吧』。」

「空軍司令官應該開心到淚流滿面吧。」

因為這世界上也有明明不曾認真學習過，只因為身分地位高就不懂裝懂地干涉別人的傢伙。

那種人真的很難應付。

不過鮑麥斯特伯爵大人明明很年輕，卻非常懂事。

真希望那些只會提出愚蠢要求的貴族們能稍微向他學習一下。

「最重要的是，那裡可是非常適合退休後去的地方……」

「退休後去的地方？」

「沒錯，鮑麥斯特伯爵領地之前是未開發地吧。那裡好像還有許多以前沒發現的遺跡。」

所以每隔一段時間就會從地下遺跡裡挖出中、小型的魔導飛行船嗎？

「雖然王國政府的空軍會強制收購一定的數量，但也被允許留幾艘船在領地內使用吧。」

許多大貴族家會把飛行船留在領地內使用，有時候則是由幾名小貴族共同出資利用。

在這種情況下，通常會僱用退休的空軍軍人來操縱船隻。

各貴族家也會自己培育人才，但培養船員需要投入許多時間和金錢。

直接僱用有經驗的人會比較便宜。

而且還能讓他們教育新人。

「據說鮑麥斯特伯爵領地也開始在策劃，要如何使用王國政府允許他們保留在領地內的小型魔導飛行船了。」

換句話說，那裡一切都是從零開始。

一開始只能依靠退休軍人湊齊人手。

同時還會創設能夠自己操縱船隻的家臣家……應該會有很多貴族想把多的孩子送去那裡吧。

「這樣空軍的大人物們在面對鮑麥斯特伯爵大人時，會愈來愈抬不起頭吧。」

「我想也是。」

「咦？那為什麼普拉特伯爵家的少爺心情會這麼差？」

「大概是因為現在的空軍司令官是懷茲侯爵吧。」

空軍的最高司令官，是由幾個侯爵家和伯爵家輪流擔任。

雖然每隔幾年就會換人，但碰巧只有在懷茲侯爵擔任司令官時不斷遇到好事。

這樣普拉特伯爵家當然會不開心。

「貴族真的很麻煩。幸好我是平民。」

「是啊。我也衷心這麼覺得。」

在空軍擔任艦長和副艦長的人，有時候能賺得比下級貴族還多。

當然總收入還是比較少，但不用像貴族那樣面對麻煩的交際，退休後也不怕找不到工作。

大型魔導飛行船的艦長只能當到五十歲。

畢竟這項工作對身心都會造成很大的負擔，不過退休後還是能再當小型魔導飛行船的艦長十到十五年。

若是從第一線退下也能指導新人，退休後靠教導年輕人度過第二人生也不錯。

因為是特殊的技術職，薪水也很好。

「我退伍後也去鮑麥斯特伯爵家應徵職位好了。」

「聽起來不錯。我也想這樣。」

我和副艦長聊了很長一段時間，但目前什麼狀況都沒發生。

艦長這個工作基本上要二十四小時待命。

如果一直繃緊神經，精神會先撐不住。

「艦長，前方發現大型島嶼。」

「終於找到了！」

我停止和副艦長聊天，用掛在脖子上的望遠鏡確認前方狀況。

如同值班人員的報告，開始逐漸能看見海岸線。

「大型島嶼……或許可以算是次大陸了。」

以前的文獻意外地也有可靠的時候。

我們發現了文獻上記載的島嶼。

「艦長！前方有飛行物體接近！」

「果然有人居住啊……」

「文獻上說那裡是魔族之國。」

「他們的技術至少和我們同等級……不對，雖然不甘心，但比我們還進步……」

朝這裡靠近的飛行物體看起來像魔導飛行船，但那兩艘船全長都只有約五十公尺，形狀也和我們的魔導飛行船不同。

那兩艘船的表面幾乎都是流線型，看起來就像雞蛋一樣。

速度應該也比琳蓋亞快上一倍。

而且船體表面覆蓋了一層沒見過的金屬，感覺非常堅固。

「可能要用帝國內戰時使用的『魔砲』攻擊，才能造成傷害。」

如果真的開砲會演變成戰爭，所以當然不能這麼做。

為了以防萬一，我下令要船員們進入警戒狀態。

船上也有魔法師，如果真的出事會讓他們用魔法攻擊，但我覺得應該傷不了那些堅硬的裝甲。

「如果是飽麥斯特伯爵大人的魔法，應該有辦法貫穿裝甲吧？」
「或許吧，但還不確定會演變成戰鬥……」
「那當然。」
這些都只是假設。
首先要試圖和對方聯絡，進行交涉。
「在那之前，希望那個笨蛋不要失控。」
「是啊……」
我們說的笨蛋，當然是指普拉特伯爵家的少爺。
雖然他並不無能，但總是希望能讓別人以為他更厲害，所以很難應付。
他再怎麼說也是貴族家的少爺，所以二十幾歲就當上了副艦長。
這種大船需要兩名副艦長。
不過如果兩名副艦長位階一樣，在我失去指揮能力後可能會造成混亂，所以我把合作多年的貝基姆任命為副手，讓他和我一起待在艦橋。
這麼做應該讓普拉特伯爵家的少爺很不開心吧。
他在執行任務時也毫不掩飾自己的心情，不斷為難其他船員。
「如果他搶先發動攻擊就麻煩了。」
「他再怎麼說也不會違背艦長的命令擅自攻擊吧……還是小心一點好了。」

副艦長派人去確認狀況，但那傢伙再怎麼說應該也不至於違反命令。

不過後來收到了他主張「我是貴族，所以讓我和對方交涉」的報告。

「艦長，我的頭好痛。」

「是啊……」

為了預防這種狀況，果然應該讓其他貴族跟著上船。

如果伯爵也在船上，就能放心把交涉的工作託付給他了。

不過每個人都不敢跟來探索未知的大地。

所以從職位來看，現在交涉權應該是掌握在我這個平民手上，但身為貴族的普拉特伯爵家少爺對此也很不滿。

還是乾脆讓他擔任領導人？

別開玩笑了。

那傢伙並非外務派閥的貴族，而是空軍軍人。

如果把交涉權限轉移給他，就必須讓他擔任艦長，這樣只會讓琳蓋亞遇難或墜落的機率變高。

這在組織運作上是個很大的缺點。

如果能夠平安回去，就向上級報告吧。

「艦長，那位少爺一直吵個不停……」

「我現在很忙！先別管他！」

新發現的魔國，以及和他們的第一次接觸。

我很清楚。

普拉特伯爵家的少爺是想讓身為貴族的自己擔任領導人，藉由完成這件事的功勞出人頭地。

雖然身為平民的我和副艦長在船上的地位比他高，但他認為如果是和指揮船隻無關的外交交涉，身為貴族的自己就能搶在我們前面。

明明我姑且也被賦予了這項權限。

他為什麼想要無視這點？

之所以不直接過來和我爭論，是因為知道我的階級和職權都比他高吧。

「跟我抱怨也沒用。明明也有其他貴族艦長，當初要是把這項任務交給他們就不會發生這種問題了。」

「世事往往無法盡如人意呢。」

「是啊。」

就算繼續抱怨，對情況也不會有幫助。

首先應該要開啟對話頻道。

就在我這麼想時，從與琳蓋亞對峙的魔族魔導飛行船傳來了聲音。

「這裡是索奴塔克共和國軍保安廳一等警備艦『埃莫』的艦長羅依奴．凱歐斯中佐。各位的船艦已經侵犯了共和國的領空。如果繼續前進將成為捕獲或擊墜的對象，請儘速離開。」

「警告得真仔細。」

「看來是個文明國家。」

糟糕，好像飛得太深入了。

不過看來他們將領空範圍設定得很廣。

從那兩艘魔導飛行船的速度來看，如果不把領空設得廣一點，或許一下就會被敵人入侵。

只是實際上，我們的魔導飛行船沒辦法飛那麼快。

「這裡是赫爾穆特王國空軍琳蓋亞艦長兼西方調查團團長的科姆索・弗嘉利。我們來自東方的琳蓋亞大陸。為了之後能夠交換情報和進行外交交涉，希望能先和各位進行事前協商。」

我們也用魔法道具「擴音器」回應。

如果發現了魔國，王國政府目前的方針是促進交易和締結互不侵犯條約。

雖然不曉得是透過什麼管道，但王國政府不知為何握有魔國的情報。

所以才想進行交涉和簽訂條約。

當然有一部分好戰的貴族還是一樣主張應該攻打魔國，但魔族全都是魔法師，魔導技術也明顯領先我們。

不管是誰都看得出來，就算想打仗也贏不了。

首先，就連帝國因為內亂導致統治效率低落時，王國都沒有攻打帝國，這樣要怎麼攻打位於遠方的次大陸。

戰爭費用也是個問題，以這樣的距離，光是運送大軍就得費不少工夫。
就算將王國境內的大型魔導飛行船全部徵收也不夠用。
而且連小孩子都知道就算成功送出大軍，也很難進行補給。
我們目前連對方的糧食狀況都不知道，是要我們直接從當地奪取物資嗎？
這樣就算戰況陷入劣勢，我們也沒辦法撤退。
貴族都是一群只想博取名聲和吸引別人注意的傢伙，真是令人傷腦筋。
他們不會仔細思考後續的事情，淨提出一些無理的要求。
「幸好能溝通呢。」
「而且好像比貴族大人理智呢。」
就在我們鬆了口氣時，索奴塔克共和國軍的魔導飛行船突然冒出火焰。
我明明沒有下達攻擊命令！
「怎麼回事？」
「艦長，那個笨蛋少爺！」
那道火焰似乎是魔法師放的「火炎球」。
我頓時擔心了一下索奴塔克共和國軍的魔導飛行船，但對方的裝甲很硬，以我方的「火炎球」威力根本無法傷其分毫。
「還好沒事。」

「一點都不好！拉森到底在幹什麼！」

拉森是負責率領琳蓋亞上的魔法師的人物。

他本人也是中級魔法師。

那傢伙明明長年隸屬空軍，居然還聽從那個笨蛋少爺的命令。

「不，應該不是拉森。」

「是臨時僱用的魔法師嗎？」

因為這次的任務是探索未知的領域，所以空軍不太願意派遣自己的魔法師。

雖然我們用高額的報酬從冒險者中僱用魔法師，但那傢伙似乎聽從笨蛋少爺的命令施放了「火炎球」。

「看來僱用冒險者是個失策！」

如果是空軍的人，就算那個笨蛋少爺下令攻擊，他們也會先來跟我確認。

然而，平常不隸屬於任何組織的冒險者有時會對貴族卑躬屈膝。

他們沒有對命令系統抱持疑問，直接發動了攻擊。

「總之快去制伏那個笨蛋！還有向對方說明狀況……」

我還來不及下令，船體就開始劇烈搖晃。

「這應該……不是攻擊吧……」

「對方把船靠到我們的船旁邊了！」

「準備防守！」
結果還是逐漸演變成戰鬥。
我只能祈禱兩國不要因此開戰。
別看我這樣，我還是很愛自己的國家。

＊　＊　＊

「去探索西方的琳蓋亞號，從一個星期前突然不再定時聯絡，失去音訊。」
「是遇難了嗎？」
「那艘船的性能比至今的任何大型魔導飛行船都要穩定。艦長和副艦長的技術也很好。」
「我現在才想起來。他們就是我以前打倒不死族古代龍時搭的魔導飛行船的船長和副船長吧。」
我今天做完土木工程回家時，發現孩子們哭得非常大聲。
進房一看後，就發現導師正在哄小孩，但那個景象怎麼看都是他在把小孩子弄哭。
雖然導師之前都忙著巡迴演講，但如今總算有時間定期來看孩子們了。
「導師不怎麼受嬰兒歡迎呢。」
「這也不是一兩天的事情了。不過，腓特烈是例外！」

緋特烈繼承了導師的外甥女艾莉絲的血統，就算看見導師也不會哭。

他明明才剛出生不久，真是有膽識呢。

「緋特烈真棒。」

「說不定只是遲鈍而已？」

「不，緋特烈很有膽識。這孩子將來一定會成為大人物。」

因為艾爾說了失禮的話，我這個主君立刻反駁他的說法。

緋特烈應該會成為優秀的鮑麥斯特伯爵。

然後讓我能夠早點退休。

「你也徹底變成一個蠢爸爸了呢！」

「居然連導師都說這麼過分的話。」

緋特烈剛出生不久，就是個即使看見長得像怪物的導師也不會哭的好孩子，我只是以父親的身分強調這點……

「你把在下當成怪物才過分吧。」

「（唔！導師怎麼知道我心裡在想什麼？）呃，你剛才說去探索西方的琳蓋亞號下落不明。」

要是導師繼續追究下去也很傷腦筋，我急忙將話題拉了回來。

「那艘巨大魔導飛行船正在從事這種任務啊。」

艾爾和我一樣，不知道琳蓋亞號最近的狀況。

雖然我將能夠讓那艘船運作的魔石和素材賣給了王國，但並沒有被邀請參加啟航儀式。

「他們在最後一次定時聯絡中，提到發現了魔國。」

「所以是在那裡遇到了什麼麻煩嗎？」

「有這個可能。」

「嗯──他們到底做了什麼？喂，厄尼斯特。」

我把窩在房間裡寫論文的厄尼斯特叫來，詢問他關於魔國的情報。

這樣或許能夠獲得什麼線索。

「有巨大魔導飛行船下落不明嗎？吾輩推測大概是哪個蠢貴族下令搶先攻擊，導致船被拘留了吧。」

「怎麼可能。」

調查團的人全都是交給空軍軍人指揮。

怎麼可能做出這種蠢事。

「關於這點，其實有件事可能造成問題。」

「問題？」

「沒錯。普拉特伯爵家的少爺也在琳蓋亞號上。」

「既然是軍人，那應該沒問題吧？」

琳蓋亞號是軍船，這次的目的是去探索遙遠又陌生的西方。

雖然也有可能遇難，但到時候只要讓次男繼承家業就行了。

「如果只是遇難倒還好，但要是他在與魔國的偶發戰鬥中陣亡，一定會有貴族主張報復。」

報復啊……

雖然能夠理解那些人的心情，但要怎麼在沒有地圖的情況下進攻遙遠的魔國呢。

與其這麼做，不如直接侵略帝國。

首先，王國應該沒有勝算。

「普拉特伯爵家在帝國內亂時也主張出兵吧。」

「他們這次換把魔國當成目標了嗎？」

「也有可能只是虛張聲勢。」

除了必須考慮這點以外，也要擔心對方或許會反過來攻打我們，所以王國正為此備戰。尤其是空軍。

普拉特伯爵家藉此爭取到預算和職位空缺，增強在空軍內的影響力。

「又是政治啊……」

「琳蓋亞號的事情，只能先靜觀其變了。就算想增派搜索隊，也必須先釐清狀況。」

這裡不是地球。

別說是偵察衛星了，就連偵察機都沒有。

因為必須重新派遣魔導飛行船過去確認，所以很花時間。

「現在根本沒有多餘的大型魔導飛行船能增派去搜索。」

帝國內亂對北部航線造成的混亂尚未完全恢復，另外為了增加航班協助鮑麥斯特伯爵領地開發，也已經動員了預備的船隻。

現在根本沒有多的大型魔導飛行船能派去搜索。

當初挑選剛服役的琳蓋亞號執行這項任務的原因，除了續航距離和性能以外，主要還是因為它是額外的船。

再加上這艘船剛好還沒測試性能，所以可以說是一石二鳥。

「就算派出其他船，也可能會回不來。」

「是啊……」

光是少了琳蓋亞號就算是很大的損害，如果其他大型魔導飛行船也跟著失蹤，王國將蒙受極大的損失。

之所以遲遲無法加派搜索隊，是因為大人物們必須從長計議。

「只有一個人在大聲嚷嚷。」

「誰啊？」

「普拉特伯爵。」

重要的繼承人在琳蓋亞上擔任副艦長，然後一直沒回來。

這一切都要怪空軍任命一介平民當艦長。

負責這項人事的懷茲侯爵要負最大的責任，應該盡快引咎辭職。

這些很像是非主流派系會發表的意見。

也可以說他只剩這種方法能夠凸顯自己的存在感。

「雖然不知道船隻是遇難還是遭到拿補，但艦長無論如何都要負責。」

「話雖如此，『一介平民』這個詞不太妙吧。」

明明王國政府為了招攬優秀船員而對平民敞開大門，空軍派閥的大人物卻因為在乎自己的小孩而批評這項制度。

當然，討論應對方案的會議也因此爭論不斷。

「是場沒意義又缺乏生產性的會議呢……」

國家和大型組織都注定得開這種會議。

「事實上，現在根本無計可施。只能靜觀其變。」

我從導師那裡得知了這些消息，但之後我的生活毫無變化。

＊　＊　＊

我繼續用魔法進行土木工程，偶爾組成以男性成員為主的隊伍去魔之森狩獵。

唯一的女性成員，就是我的大弟子艾格妮絲。

她已經成年，所以除了平常參加的隊伍以外，偶爾也會臨時參加我的隊伍。

果然魔法師愈多，狩獵的效率就愈高。

「老師，今天也是大豐收呢。」

「艾格妮絲的魔法也穩定很多，可以冷靜地狩獵了。」

個性認真的艾格妮絲一開始在不熟悉的魔之森狩獵時，會一直繃緊神經，不過她現在已經習慣狩獵魔物了。

這樣下去，她很快就能成為獨當一面的冒險者。

「這都要感謝老師。」

「明年輪到貝緹，後年則是輪到辛蒂成年，妳們可以組成一支強悍的隊伍呢。」

「是啊。我得努力拉拔她們才行。」

三人當中最年長的艾格妮絲，燃起了作為隊長的使命感。

「不過偶爾也能和老師一起組隊吧？」

「當然可以。因為我是妳們的老師啊。」

「謝謝你，老師。」

她們既是我的弟子，也像我的妹妹。

我並不討厭被她們依靠。

何況她們三人都是我花了最多心力照顧與指導的愛徒。

「布蘭塔克先生，導師，你們已經要回去了嗎？」

「是啊。我得回去照顧女兒。」

「喔……」

不曉得是心境上產生了什麼變化？

布蘭塔克先生最近只要一有空，就會回去照顧自己的女兒。

也就是這個世界的「育兒爸爸」。

他以前明明連婚都不想結，真是個驚人的變化。

「鮑麥斯特伯爵有很多小孩，所以還是早點回去吧。艾爾文也一樣。」

「導師偶爾會說出非常正經的話呢……」

導師其實有很多小孩，偶爾也會以育兒前輩的立場提出認真的意見。

難得從導師那裡獲得建議的艾爾，回答得非常失禮。

「在下休假時也是會帶孩子們出去玩的。」

「這樣啊……」

我完全無法想像導師照顧家人的樣子。

該不會是帶他們去狩獵龍吧？

我和他的孩子們不太熟，但獵龍對導師來說就類似一種娛樂。

「總之回去吧……」

去冒險者公會替素材和採集物估完價後，我們用「瞬間移動」回到官邸，然後發現來了一位意外的訪客。

「喔。是普拉特伯爵。」

「導師你也在這裡啊。同為『伯爵』，我今天是有事來找鮑麥斯特伯爵。」

「同為伯爵啊。」

「沒錯。」

導師認識這名訪客。

普拉特伯爵，他是在前陣子發生的琳蓋亞號失蹤事件中，失去繼承人消息的貴族。

「鮑麥斯特伯爵，能請你和我一起上奏陛下增派船隻嗎？」

「喔……」

簡單打完招呼後，普拉特伯爵就開始說服我。

我在聽他說明自己的目的和意見時，總覺得愈聽愈不爽。

普拉特伯爵並非是個大笨蛋或無能之輩，但他不斷強調自己的想法才正確，以及我本來就該協助他，讓人非常火大。

某方面來說，他真的是個典型的貴族。

此時，我對他繼承人的同情已經蕩然無存。

「琳蓋亞號的測試航行兼探索西方的行動，原本就有很高的機率會和據說位於西方的魔國進行事前交涉，到時候也需要收集那邊的情報。然而懷茲侯爵卻讓平民擔任艦長兼調查團的團長。假如魔國真的存在，他到底打算怎麼和他們交涉？明明直接交給我兒子處理就好……他們卻硬要說什麼年輕人經驗不足，或是即使是貴族也不能破壞空軍的指揮序列！這明顯是在找我這個下屆空軍司令官的碴！不僅如此！結果他們在依據實力挑選出平民艦長後，還不是害琳蓋亞號這個貴重的國家財產變得下落不明！所以也必須追究懷茲侯爵的人事責任！」

普拉特伯爵的說法有他的道理。

不過我和空軍毫無關連，跟我說這些也沒用。

我又不隸屬於空軍的派閥。

不如說這大叔到底是來幹嘛的？

「既然是交涉，應該優先讓外務派閥的貴族上船吧。」

「那些混帳！全都因為害怕而拒絕了！沒辦法，誰叫他們都是一群只有偶爾會和帝國交涉，既懶惰又膽小的傢伙！所以才更應該把這項任務交給我兒子！一切都是懷茲侯爵的錯！」

雖然他說的話不無道理，但大吼大叫的普拉特伯爵真的很煩人。

我明白既然有可能得進行交涉，就該讓原本就擁有這方面權限的貴族上船。

但實際上所有外務派閥的貴族，好像都拒絕搭乘琳蓋亞號。

因為是去探索未知的領域，而且路上也可能會遇難，所以所有人都拒絕了。

外務卿以下的外務派閥貴族，平常工作原本就不多，所以大部分的人都缺乏幹勁。

就連前陣子的帝國內亂也一樣，他們從頭到尾都派不上用場。

我聽布雷希洛德藩侯說他們在內亂後受到猛烈的批評，原本希望他們能因此重新振作，但結果反而變得更加畏縮和失去對工作的熱忱。

這麼說來，與帝國議和的時候，他們的存在感比王太子還要薄弱。

「普拉特伯爵，現在不是沒有多的大型魔導飛行船嗎？」

雖然數量有增加，但有兩艘船因為被捲入帝國內亂而遭到拘留。

那兩艘船用來作為動力來源的魔晶石也被紐倫貝爾格公爵搶走，儘管彼得事後有還給王國，但為了確保運輸量，魔導飛行船的負荷又變得更重了。

所以現在應該沒辦法增派大型魔導飛行船去西方。

「而且這麼做可能害更多魔導飛行船遇難。陛下應該沒有下達許可吧？」

「只要鮑麥斯特伯爵上奏就沒問題。畢竟你現在是陛下面前的紅人啊。」

普拉特伯爵大概是擔心自己的繼承人吧。

再加上他現在非常生氣。

平民出身的艦長和副艦長害歷史悠久的普拉特伯爵家繼承人下落不明，而且發布這項人事命令的還是他的對手懷茲侯爵。

他說不定以為對方是刻意想謀殺自己的兒子。

儘管這算是一種被害妄想，但跟擔心兒子的父親說這些話應該也沒用吧。

「我對空軍的事情不太清楚，但目前船的數量不足，想讓大型魔導飛行船前往遙遠的西方應該非常困難吧。」

所以才會派剛開始服役，不會對目前的運輸量造成影響的琳蓋亞號去探索。

而且續航距離也有影響。

以琳蓋亞號的狀況來說，只要把魔晶石的魔力補滿一次就能進行長距離航行。

但如果是一般的大型魔導飛行船，就必須多補充幾次魔力。

而且並不是只要補充魔力就行了。

中間還必須進行檢修，所以一般的大型魔導飛行船無法執行探索任務。

不然就必須在航行途中定期檢修，還得準備大量魔法師補充魔力。

當初就是為了減少補充魔力的次數才挑選琳蓋亞號，隸屬於空軍派閥的普拉特伯爵不可能不知道這件事。

「琳蓋亞號之所以能夠服役，鮑麥斯特伯爵功不可沒。所以你對它也有一點感情吧？」

「喔……」

「我的兒子非常認真地維護和運用琳蓋亞號！鮑麥斯特伯爵也該主動展現你的度量去營救他吧！」

「……」

普拉特伯爵不斷用各種方法逼我上奏陛下派人搜索。

這個煩人的貴族，就這樣不斷耗損我的精神。

＊　＊　＊

「不管是人類或魔族，都會疼愛自己的孩子呢。」

拜託咄咄逼人的普拉特伯爵給我一段時間考慮後，我前往停了超過二十艘中、小型魔導飛行船的簡易船塢，向正在調查船的厄尼斯特搭話。

這個簡易船塢是我親自準備材料，替將來會創設的鮑麥斯特伯爵家空軍建造的設施。

雖然是給中、小型船用的簡樸船塢，但能夠替魔導飛行船遮蔽風雨，設施本身也相當堅固。

順帶一提，材料除了石材和木材以外，還包括了我成功製造出來的極限鋼。

「雖然吾輩沒有小孩，所以不太能理解。」

「那就不要說啊。話說你在畫什麼？」

「雖然這些都是從鮑麥斯特伯爵領地各處發掘出來的魔導飛行船，但每一艘船的年代、造型和裝飾都微妙地不同。我打算將這些船系統化並寫成論文。」

「我覺得每艘看起來都一樣……」

艾爾似乎看不太出來魔導飛行船之間的差異。

我雖然不至於覺得全部一樣，但感覺還是都差不多。

「外行人就是這點令人困擾。你們對伊修柏克伯爵初期的作品實在太無知了。」

「伊修柏克伯爵啊……」

我對伊修柏克伯爵只有雖然是個天才，但非常不正經的印象。

艾爾也跟我一樣，畢竟我們都差點被他害死。

「王國目前使用的大型魔導飛行船，都是來自大陸中央和王都附近的遺跡。這些都是伊修柏克伯爵晚年設計的作品。所以無論尺寸、造型、性能、量產性、成本和檢修效率都是最好的。」

「因為那些船原本是屬於古代魔法文明時代的中心國家，所以才容易在中央挖到嗎？」

「鮑麥斯特伯爵，你答對了。然後，等那種大型魔導飛行船開始普及後……」

「才能夠把中、小型的舊型魔導飛行船分配給中央以外的地方。」

「正是如此。」

就像都心用過的老舊電車和巴士，之後會轉給其他地方縣市使用吧。

「什麼嘛。原來是舊型號啊……」

「艾爾文，不需要這麼沮喪。畢竟這些飛行船還是能正常使用。」

厄尼斯特表示儘管性能差了一點，但不會影響使用。

「一般貴族家根本無法使用這麼多艘船。」

王家之所以允許鮑麥斯特伯爵領地使用多達二十艘的魔導飛行船，是因為這裡幅員遼闊，而且還有許多領地正在開發當中。

其實我們發掘出來的魔導飛行船數量是這些的三倍以上，但剩下的全都被王家強制收購了。

雖然收購價符合行情，但我們也沒有多賺，只能說真不愧是盧克納財務卿。

王家收購這些中、小型魔導飛行船後，會挑選出一些貴族家轉賣給他們。

他們沒打算靠這種生意賺錢，但只有對王家有貢獻的貴族家能夠買到船，從這件事也能看出王國中央集權的程度比帝國還要高。

「繼鮑麥斯特伯爵家之後，其他貴族家也開始購買中、小型魔導飛行船並開始運用。這也導致專業人員不足。」

「我想也是……」

培訓船員很花時間，所以人手當然會不夠。

目前應該沒有餘力派遣人手進行可能會有去無回的西方搜索任務，魔法師的人數也不夠。

「琳蓋亞號確實價值連城，但考慮到現實因素，還是撥不出搜索的船和人手。」

陛下、閣僚和空軍的高層都「對琳蓋亞號下落不明的事件感到遺憾，但目前真的沒有多餘的船和人手能去搜索……」所以他們還在討論這件事。

日本將這種狀態稱為「政治僵局」，如果這時候勉強用大型魔導飛行船載經驗老到的船員們和魔法師過去，萬一連他們都沒辦法回來，只會讓損失變得更加慘重。

所以難怪他們都對搜索行動非常消極，只是普拉特伯爵應該無法接受吧。

「厄尼斯特，魔國可能會因為琳蓋亞號侵犯他們的領空或領海，而將其擊墜嗎？」

「鮑麥斯特伯爵，魔國才不會那麼野蠻。實際的狀況應該是哪個環節出了差錯，導致那艘船遭到拿捕吧。」

「不過目前也沒辦法確認。我又不是空軍的人。」

我還必須開發領地，而且也不能丟下妻子和孩子們。

雖然普拉特伯爵真的又煩又可憐，但我也無計可施。

「話說回來，厄尼斯特先生當初是怎麼從魔國來到這塊大陸的？」

「當然是坐船過來的。」

「船？」

「沒錯，就是船。」

他似乎是搭乘一艘小木船從魔國偷渡出來。

「真虧你沒遇難呢……」

「因為吾輩有這個。」

厄尼斯特從自己的魔法袋裡拿出類似船外機的魔法道具。

「這就是船的動力來源。」

不管怎麼計算，這個船外機都只能用在跟快艇差不多大的船上面。

居然靠這種東西跨越了無人涉足過的大海，沒想到學者可以沒常識到這種程度。

這種事我實在是學不來。

「因為研究正在呼喚吾輩。」

不過實際上這個沒常識的學者也加劇了帝國的內亂。

愛因斯坦雖然是個天才，但原子彈的發明也和他有關。

雖然他應該不至於認為只要研究能有成果，不管死多少人都無所謂，但就無法想像後續的影響這點來看，厄尼斯特也算是同罪。

大部分的天才都有唯我獨尊的傾向。

我現在也是因為他派得上用場才把他留在身邊……

「那個魔法道具也能裝在小型魔導飛行船上吧。雖然我根本沒打算去魔國。」

我可是有很多事要忙。

我必須為了剛出生的孩子們努力才行。

「當爸爸後就變得保守啦。所以吾輩才打算一輩子單身。」

「真的嗎？」

我覺得是因為他原本就夠古怪，所以根本沒有女性會想靠近他。

「反正短期內也不能怎樣。」

厄尼斯特的預測是正確的。

針對琳蓋亞號失蹤事件，王國政府沒有採取任何對策。

大人物們會定期討論這件事，但遲遲沒有結論。

包含普拉特伯爵在內的一些空軍軍人持續主張該增派搜索隊，並獲得了部分貴族的支持。

然而超過半數的貴族都反對派遣搜索隊。

他們想早點運用從鮑麥斯特伯爵領地出土的魔導飛行船，所以不想把船和人力用在可能會再次遇難的搜索行動上。

結果因為琳蓋亞號尚未被安排運輸工作，所以對王國的經濟並未造成影響。

雖然失去那些老練的船員非常可惜，但也沒有造成致命性的傷害。

船員不足的狀況應該還會持續一段期間，不過只要指導後進來增加人數，這個問題幾年後就能解決。

「空軍的高層應該不會想派一艘大型飛行船去執行可能回不來的搜索行動吧。」

羅德里希向我們說明空軍高層的想法。

「失去琳蓋亞號確實很可惜，但王國也沒有餘力再加派大型魔導飛行船前往搜索。」

「如果加派的船沒回來，空軍高層就得負起責任……」

如果只損失一艘琳蓋亞號，陛下還能睜一隻眼閉一隻眼。

但如果加派的那艘船也沒回來，陛下就不得不處分懷茲侯爵。

或許這就是普拉特伯爵的意圖？

畢竟他不只有一個兒子。

不，這應該是我想太多了吧？

「琳蓋亞號的遇難案件，目前還能被歸類為不可抗力。」

「雖然確實很可惜，但那艘船尚未被正式運用在航運上。」

演講工作結束後就幾乎一直待在鮑麥斯特伯爵領地的導師，告訴我們這件事背後的狀況。

「畢竟連是墜毀或遇難都無法確定。」

「雖然無法信任那個魔族，但他說的話並沒有錯。」

導師不擅長應付厄尼斯特。

我覺得他們兩人的性格有點像，或許就是因為這樣，才會產生類似同類相厭的感情。

雖然沒什麼關係，但他們連說話的語氣也很像。

「如果是遭到拿捕，魔國或許會主動過來通知。」

目前多數意見是認為到時候再進行交涉比較好。

雖然其實陛下是根據我提供的情報做出這個決定，但我也只是轉述厄尼斯特的意見而已。

「保險起見還是會收集情報，但目前什麼事都沒辦法做。所以……」

「羅德里希，所以怎樣？」

「如果要自行運用魔導飛行船，就必須在鮑麥斯特伯爵領地各處建造魔導飛行船用的港口。」

「之前沒有建造嗎？」

我記得剛開始開拓的時候建造了不少……

「數量完全不夠。目前還有許多無人居住的土地要開發，如果能先在那裡建設港口，之後運輸人力和物資時會比較輕鬆。」

「由我來建造嗎？」

「是的。這樣最快。」

「原來如此，比較快啊……」

「這也是為了剛出生的孩子們。」

「我知道了。」

於是我按照羅德里希的指示，開始替魔導飛行船專用的港口進行基礎工程。

我切割岩石，讓羅德里希指派的工匠和勞工製作著陸用的船台。

「掌握陸地和空中的交通，就能掌握那塊土地。」

「嗯，羅德里希說得沒錯。」

「能侍奉如此明理的主公大人，不肖羅德里希實在是太感動了。」

能夠促進人力和物資流動的道路和港口，就像是土地的血管。

只要強化這些設施就能促進經濟發展，所以為政者自古以來都會發展這些公共事業。

這點程度的事情，我也能夠明白。

「鮑麥斯特伯爵領地有許多未開發地，但只要有主公大人強大的魔法支持，就不算是缺點。您的繼承人們也都展現了魔法師的資質，真是太令人高興了。」

因為開發速度遠遠凌駕其他領地，讓羅德里希心情大好。

「先不管這些事，琳蓋亞號的事件後來有什麼進展嗎？」

「鄙人什麼都沒聽說……王國也在煩惱該如何處理吧？」

我並沒有在王國政府擔任要職，所以什麼都沒辦法做。

總而言之，我現在只能繼續處理領地內的工程，還有僱用新的家臣嘗試運用小型魔導飛行船。

其中一位家臣是懷茲侯爵的弟弟，聽說他從年輕時就是個優秀的船員。

不用繼承家業反而讓他樂得輕鬆，他好像是因為特別喜歡待在第一線才當船員。

除此之外，我還僱用了一些空軍派閥的子弟和從第一線退休的前船員。

目前的計畫是讓他們教育從領地內招募的年輕人。

「主公大人，沒有和普拉特伯爵家有關的人呢。」

鮑麥斯特伯爵家諸侯軍魔導飛行船部隊的負責人是懷茲侯爵的弟弟約翰，但羅德里希發現目前網羅的人才都和普拉特伯爵家毫無關係。

「雖然其實不能這樣做，但他實在太煩了，所以我不想用他的人。」

「我好像大概能夠理解……」

在那之後，普拉特伯爵一有空就會跑來找我。

他還是一樣想叫我上奏陛下派人搜索，去救自己的繼承人。

因為他自己辦不到，又知道我深受陛下賞識，所以才想借用我的名義。

我本來以為這樣交通費應該會很貴，沒想到他真的是個大笨蛋。他利用自己是空軍派閥高官的身分，每次都是免費搭乘大型魔導飛行船來到鮑麥斯特伯爵領地。

這樣不就能期待他因為沒錢而放棄，真的是個難搞的大叔。

「我就說我也有我的狀況！」

「事關我兒子的性命！是貴族就該想想辦法吧！」

普拉特伯爵開始從人道的觀點勸我參加搜索後，讓我覺得更煩了。

他明明這麼擔心自己的兒子，卻絲毫不懂得體貼別人。

「雖然不是完全不可能，但我聽說一般的大型魔導飛行船很難航行那麼遠的距離？」

「只要有你的魔力量，就能頻繁地替魔晶石補充魔力。我聽說你的妻子們也都是魔法師。這樣應該很容易就能抵達魔國。」

怎麼可能。

如果這麼簡單就能抵達，就不需要特地組織調查團了。

「我願意提供謝禮。」

「謝禮？」

「我願意讓我的繼承人娶你的女兒為妻。」
「啥？」
我一開始還聽不懂普拉特伯爵在說什麼。
「雖然我的兒子已經娶妻，但我會負起責任將她降為側室。」
「……啥？」
我驚訝得目瞪口呆。
辛辛苦苦抵達魔國，並順利透過交涉救出普拉特伯爵的兒子後，我就能獲得把女兒嫁給那個笨蛋兒子的權利。
而且把女兒嫁過去後，我還會被原本的正妻娘家怨恨。
這算什麼謝禮，真是太莫名其妙了。
「只要你上奏陛下派人搜索，並帶著你的夫人們一起參加搜索行動就行了。」
我傻眼到說不出話。
我們明明同樣是伯爵，為什麼普拉特伯爵可以對我擺出這麼囂張的態度？
因為我是新興貴族，所以他把我當成後輩對待嗎？
「總之請回吧。」
我當天勉強在不發怒的情況下讓普拉特伯爵回去了。
但下次就難說了。

「因為有過這樣的對話，所以我決定不僱用和普拉特伯爵有關的人，約翰，你覺得懷茲侯爵和其他空軍派閥的人會對此感到不滿嗎？」

「不會……普拉特伯爵到底在想什麼啊？」

「他腦袋裡可能只有兒子？」

「大概吧。」

我把和普拉特伯爵之間發生的事情，告訴負責管理魔導飛行船的約翰後，他也露出困惑的表情。

「雖然我也不太清楚，但普拉特伯爵原本就是這樣的人嗎？」

「不……他應該不是那麼怪的人……果然是因為疼愛孩子嗎？」

總之我和他根本無法溝通，所以我決定不僱用和普拉特伯爵家有關係的人作為報復。

因為到處都缺船員，所以他們還是能被其他貴族家僱用，不會對他們造成困擾。

「琳蓋亞號的事件之後到底會怎麼樣呢……」

「這部分只能交給陛下定奪了……」

鮑麥斯特伯爵領地的開發進度，比預期得還要快很多。

艾莉絲她們現在與其說是在放產假，不如說是在放育嬰假，所以幾乎沒有在做冒險者的工作，我能花在土木工程上的時間自然也增加了。

距離琳蓋亞號失去音訊已經過了約兩個月，我今天也一面指導艾格妮絲她們，一面進行土木工程，此時王國政府突然派了使者過來。
所謂的使者其實就是導師，所以我並沒有特別驚訝……
「鮑麥斯特伯爵，不得了了！」
「發生了什麼事？」
「西方出現了神祕的魔導飛行船艦隊！」
「咦？是來報復的嗎？」
我腦中首先想到這個可能性。
根據厄尼斯特的預測，琳蓋亞號應該是因為和魔國起了爭執才失去音訊。
雖然王國和讓兒子去執行任務的普拉特伯爵都不想承認這件事，但至今已經有一萬年以上沒人看過的魔國船隻突然從西方現身，不是因為發生了什麼需要交涉的重大事件，就是來報復之前的事情吧？
我只能想到這兩種可能。
不過這樣的交涉當然都需要軟硬兼施。
「那支艦隊正在西方海域的『泰拉哈雷斯群島』建立據點！」
「關於那個群島，我只有聽過名字而已……」
那些群島位於離琳蓋亞大陸西部有段距離的海上，周圍有海龍棲息，島上沒什麼平地。
在開發前環境相當惡劣，目前姑且算是統率西部的霍爾米亞藩侯家的領地。

他們很久以前似乎曾為了主張領地主權，在那裡建設了簡單的港口。

「我有種不好的預感……」

「鮑麥斯特伯爵的預感是正確的！那裡雖然是一文不值的無人島，但仍是霍爾米亞藩侯家的領地。當然，王國已經開始動員諸侯軍，準備要求對方撤離或進行奪還！」

對貴族來說，領地問題可是攸關生死的問題。

就算是一文不值的無人島，如果任人侵占還是會有損貴族的名譽。

而且一旦認同那些魔族占領泰拉哈雷斯群島，霍爾米亞藩侯領地的防衛線就會後退。

泰拉哈雷斯群島和大陸之間的島上是有住人的，一旦那裡暴露在危險中，情況就會變得一觸即發。

「那支艦隊有提出什麼主張嗎？」

「還什麼都沒說！只是好像在建設艦隊的停泊區，以及讓船員和士兵滯留的陣地。」

「又發生了麻煩的事情……」

地球上也發生過很多和領土有關的麻煩事。

比起這個，到現在還不知道魔國的艦隊在想什麼實在很詭異。

「如果是王國貴族之間的紛爭，王國政府還能選擇不介入，但這次的對手可是外國。結果空軍也開始準備動員……」

「怎麼這樣……」

導師的報告讓我大受打擊。

明明鮑麥斯特伯爵領地的開發需要魔導飛行船，如果這些船都被動員，交通和流通就會癱瘓。光靠利庫大山脈的隧道，根本不足以應付這些需求。

「此外，王宮內有些人開始主張鮑麥斯特伯爵必須負責。」

「我嗎？」

太在意貴族們的誹謗和中傷對精神狀態不好，所以我一直以來都當作沒聽見，但在王宮傳出這些話就不太妙。

「最先發難的人是普拉特伯爵。」

「那個混帳……」

簡單來講，都是因為我不救他那個在琳蓋亞號上的繼承人吧。

他一直認為只要我們幫忙補充魔力，就算是搭一般的大型魔導飛行船也能安全地抵達魔國，所以對不願意幫忙的我非常不滿。

「要求我負責的意見占大多數嗎？」

「大約只占兩成。」

「比想像中還多呢……」

雖然從整體的角度來看只是少數，但這種人的聲量都很大。

一旦他們開始瘋狂地批判我，或許會有愈來愈多人贊同他們。

「因為當初沒能從鮑麥斯特伯爵領地的開發事業獲利的人也有加入，所以那些人其實不怎麼團結……」

那些人的想法是「只要給我一些利益，我隨時都能背叛普拉特伯爵」，要挑撥他們非常簡單。

「我可不想優待那種人……」

雖然我獲得了爵位和領地，但也經歷了不少辛苦。

至少希望能有忽視討厭傢伙的選項。

「陛下是沒把他們放在眼裡，認為他們頂多只會叫一下。比起這個，目前已經發布了從軍命令。」

通常只要派西部諸侯和王國軍去支援就夠了，但這次的對手是未知的魔族艦隊。

以防萬一，王國也對我發布了從軍命令。

「所以我也要派出鮑麥斯特伯爵家諸侯軍嗎？」

我的諸侯軍目前人數完全不夠，訓練更是不足。

可以的話，我實在不想出兵。

「不，只有針對鮑麥斯特伯爵你們。」

「這是為什麼？」

「因為是圍繞島嶼的紛爭，所以有霍爾米亞藩侯準備的士兵就夠了。既然他本人都這麼說了，實在不太方便派兵支援。」

畢竟那樣就會有其他地方的士兵大量湧入自己的領地。

霍爾米亞藩侯應該是不想費心提供糧食和維持治安，才做出這樣的判斷吧。

就算是讓派出援軍的人自己負擔費用也一樣。

「王國軍也幾乎只派出空軍。希望鮑麥斯特伯爵能盡可能多帶一些魔法師同行。」

我周圍有許多魔法師，所以王國希望我能派他們一起去吧。

這樣就算人數不多，霍爾米亞藩侯也能放心吧。

「既然是陛下的命令，那就沒辦法了。」

於是我們也前往西部地區。

魔族的艦隊正在泰拉哈雷斯群島建立據點，並讓艦隊在上空巡邏。

霍爾米亞藩侯領地也有小規模的水軍，那些軍人的船正在監視他們。

「又要打仗了嗎？」

我向大家報告要前往西部地區後，艾莉絲一臉擔心地安撫著腓特烈。

「誰知道？或許是琳蓋亞號的事情引發了什麼麻煩，他們是為了能在有利的情況下交涉，才暫時占據泰拉哈雷斯群島……」

我跟厄尼斯特打聽過魔國的事情。

就我聽到的情報，魔國基本上只在意自己國內的事情，實在不太可能會想稱霸大陸。

他們人口不多，本來就不可能鎮壓整個大陸。

就算所有人都是魔法師，人口比例依然相差懸殊。

「既然是王國的命令，那就沒辦法了。」

「是啊。我會跟威爾一起去。」

「我的身體狀況也恢復得差不多了。」

「身為威格爾家的當家，當然會有必須出征的時候。」

伊娜、露易絲、薇爾瑪和卡特琳娜都表示要跟我一起去。

或許產假和照顧嬰兒的生活也讓她們覺得很無聊。

「老公，我也要去。」

「本宮也要去。最近實在很無聊。」

「我也要去。或許會需要久違地全力施展暴風雪。」

「莉莎，別突然說那麼可怕的話……」

看來我的妻子們全都打算一起去。

「一起去是沒關係，但腓特烈他們要怎麼辦？」

這才是最大的問題。

他們還是小嬰兒，所以我想讓妻子們留下來照顧他們。

我本來打算只帶男性一起去。

「親愛的，我們不會讓你只帶男性去的。」

「咦？為什麼？」

「雖然確實有可能開戰，但你也可能在西部玩得太過放縱。」

艾莉絲以冷靜的表情和語氣回答我的問題。

她先看向我，然後看向艾爾。

「原來是因為有艾爾在，才害我被懷疑……」

「不，她們也一樣懷疑你吧！」

「這次的狀況比起威爾自己的過失，不如說西部的諸侯可能會想趁戰爭時的混亂動歪腦筋。」

「真麻煩……」

我接受了伊娜的說法。

雖然突然進入備戰狀態，但畢竟尚未開戰。

根據厄尼斯特提供的情報，不如說直到最後都不會開戰的可能性還比較高。

如果我只帶男性去，西部諸侯或許會硬塞妻子或情人給我。所以艾莉絲她們才想陪我一起去，阻止這種事情發生。

「因為西部諸侯都覺得威爾刻意和他們保持距離。」

「為什麼……」

我又沒有刻意和他們保持距離。

只是我確實沒有像對南部與中央那樣優待他們，最近和東部地區的往來也增加了。

畢竟我和現任布洛瓦藩侯是知己，菲利浦和克里斯多夫也拜託我多和他們領地交易。

他們是曾在帝國內亂中關照過我的戰友，所以我自然答應了他們的請求。

「看吧，難怪會被人家覺得你不重視他們。」

「艾爾，你還不是一樣……」

艾爾可以說已經跟老家斷絕關係，根本沒資格說我。

「我又沒什麼影響力。不過艾莉絲妳們真的要一起去嗎？目前的情勢姑且還是有可能演變成戰爭……」

身為鮑麥斯特伯爵家的家臣，艾爾不太希望艾莉絲她們也一起同行。

「我有一個好主意。」

「艾莉絲，是什麼好主意？」

「是的。反正只有我們這些人會去……」

隔天，我們搭乘剛開始服役的小型魔導飛行船前往西部地區。

乘客有我、艾爾、遙、艾莉絲她們、小嬰兒們，以及負責照顧他們的女僕。

再來就是船員和幾名士兵。

「從來沒聽說過有人帶小孩子上戰場的。這艘船還兼當托兒所呢。」

為了協助我們照顧孩子，亞美莉大嫂這次也一起同行。

她在替腓特烈他們換尿布和餵奶時，傻眼地看向我。

「這樣就算發生什麼事，也能直接搭船逃走吧？」

就算西部地區之後展開激烈的戰爭，只要讓艾莉絲她們和小嬰兒們一起搭船逃跑就行了。

這是我和艾莉絲她們之間的妥協點。

「威爾也很辛苦呢。或許又要開戰了。」

「誰知道呢？」

比起這個，不曉得是不是錯覺，我總覺得其他事情會讓我比較辛苦？

畢竟我們正搭乘變成托兒所的魔導飛行船前往西部的霍爾米亞藩侯領地。

卷末附錄　即使沒有社群平臺，女僕們仍追尋亮麗的餐廳

「威爾因為老毛病又犯了，所以試做了各種料理，但鮑爾柏格的餐廳不到一個星期就開始跟著賣了？大家真會做生意。」

「只要模仿主公大人想出的料理和甜點，就一定能大賺一筆。所以敏銳的生意人們一定不會放過這個機會。」

「畢竟連阿昌都會想模仿。」

「艾爾文大人，店鋪的數量又增加了。」

「因為鮑爾柏格的人口變多了。」

今天和艾爾文大人一起去鮑爾柏格逛街的成員，有正和我一起當女僕兼學習當個好新娘的安娜小姐，以及今天休假並將小孩雷昂大人託付給艾莉絲大人她們照顧的遙大人。

最後則是我，鮑麥斯特伯爵家最亮眼的女僕！同時也是艾爾文大人心愛的未婚妻，鮑麥斯特伯爵家的模範女僕蕾亞……

「哼！」

「多米妮克姊，很痛耶——」

多米妮克姊還看穿我的心聲，在絕妙的時機揮下拳頭……

難道她會使用「讀心」魔法嗎？

「怎麼可能。雖然妳今天好像因為放假而變得很興奮，但我們是鮑麥斯特伯爵家的人。在外行動時必須有所節制。」

她還是一樣死正經。

今天的多米妮克姊也一如往常！

「哼！」

「好痛……我明明什麼都沒說……」

「蕾亞想的事情全都被我看穿了。」

「算了啦，畢竟今天是休假出門玩。」

其實安娜小姐昨天和艾爾文大人舉辦了婚禮。

雖然只邀請了最親密的幾個人，但艾爾文大人的好友——老爺和艾莉絲大人她們都有參加，是一場很棒的婚禮。

我也想早點成年，和艾爾文大人正式舉辦婚禮。

因為要等之後比較有空時才會去蜜月旅行，兩人從今天開始有三天的休假，預定會在鮑爾柏格享受假期。

安娜小姐提議「第一天就大家一起開心度過吧」，於是也邀請了遙大人、我和多米妮克姊。
雖然多米妮克姊不是艾爾文大人的妻子，但她教了安娜小姐許多新娘必備的技能。
多米妮克姊意外地容易被比她小的人仰慕……

「哼！」

「很痛耶，多米妮克姊。我明明什麼都沒說……」

「妳想的事情全都被我看穿了。」

這拳實在太痛了。

害我忘記昨天在安娜小姐的婚禮上吃了什麼……

「烤海龍真好吃呢。雖然最後大部分都進了薇爾瑪大人的肚子裡。」

「妳這不是沒忘記嗎？」

我只是覺得好像忘了而已。

「多米妮克小姐，今天畢竟是休假。」

「遙大人，妳說得沒錯。」

多米妮克姊，為什麼我說同樣的話就被妳忽視？

「這是第一間店。多米妮克小姐，妳說這是出入官邸的警備隊員推薦的店吧。」

「是賣『烤肉蓋飯』的店啊……」

「聽說是對各種魔物的肉進行低溫調理，所以又軟又好吃。」

「用低溫的方式加熱肉啊……就是老爺前陣子料理牛肉的方法吧。」

「這間店忠實地重現了老爺的調理方法，還獲得了老爺的認證。」

「他平常到底都在做什麼啊？」

老爺明明很忙，卻會認真插手這些事情。

但或許也是多虧了老爺的認證。

店裡擠滿了客人。

「今天賣的是山豬肉和兔肉的烤肉蓋飯。而且飯可以免費升級成大碗。」

「那我要點大碗的。」

「我也要大碗的。」

「蕾亞，妳吃得完嗎？」

「我可是意外地能吃呢。」

「這麼說來，確實是這樣。」

我以前還曾經幫多米妮克姊把剩下的麵吃完。

而且既然價格一樣，當然要點大碗的。

這就是人類的本性……應該說是本能吧。

「久等了，這是今天的烤肉蓋飯。三碗是正常分量，兩碗是大碗的。」

「喔喔！看起來很好吃呢。」

「把肉排得像花瓣一樣也很棒呢。」

「艾爾文大人，中央還放了一顆蛋呢。既不是生蛋，也不是水煮蛋。」

「這是用領主大人教的方法，經過低溫調理的珠雞蛋。」

「原來如此……」

艾爾文大人一定正在想「居然還花時間指導店家……他到底是什麼時候……」之類的吧。

「不過這間店的店長會用魔法嗎？低溫調理應該很費工吧。」

這麼說來，安娜小姐的婚禮上也有出現這種料理。

低溫調理的牛肉真的好軟好好吃。

「王都有一位貝肯鮑爾大人，開發出了專用的魔法道具。據說那位大人欠領主大人很多人情。」

「人情啊……」

「雖然魔法道具很貴，但只要用那個就能輕鬆對肉和蛋進行低溫調理。」

貝肯鮑爾大人就是那個最近常來官邸，很不會看氣氛的人吧。

他是會製作魔法道具的天才。

果然人不可貌相呢。

「戳破半熟蛋和肉與醬汁混合在一起，再配飯一起吃會非常美味喔。」

我立刻按照店員教的方法開始吃烤肉蓋飯，低溫調理的山豬肉和兔肉柔嫩多汁，非常美味。

將用醬油製作的醬汁和半熟的蛋黃混合在一起後，就能將肉和飯的美味提升好幾倍。

「艾爾文大人，真好吃呢。」

「之後也教阿昌這種吃法吧。」

「老爺到底是從哪裡學會這些料理知識啊？」

「前世的記憶之類的？」

「蕾亞，再怎麼說也不可能是那樣吧。」

「的確。大概是從以前的書上學來的吧？」

我偶爾也會去官邸的書庫借書，但從來沒看過那種書。

大概是王都或布雷希洛德藩侯大人家的藏書吧？

「謝謝招待，非常好吃喔。」

艾爾文大人替大家付完錢後，走出店內。

話說外面真的好多人在排隊。

烤肉蓋飯真的很好吃，難怪這麼多人願意排隊。

「接下來換甜點。」

「甜點的話，我有推薦的店家喔。」

「蕾亞真內行。」

「這是因為我平常就有好好調查。」

「……雖然這不太值得誇獎……」

因為今天艾爾文大人也在，所以多米妮克姊不能一直朝我頭上揮拳頭。

這是個好機會。

「艾爾文大人，這裡就是我推薦的店。」

「雖然生意很好，但客人幾乎都是女性和情侶呢。」

「這間店會定期推出新的甜點。老爺也常給這間店的店長建議。」

「到底是什麼時候……雖然這確實很有威爾的風格……」

「這裡好像也有幫忙試賣用鮑麥斯特伯爵家直營牧場生產的乳製品製作的甜點喔。」

「蕾亞知道得真清楚。」

「我出門跑腿時，特別常來這間店確認新商品。這間店剛好就開在我回官邸的路上。」

甜點好吃，定期會推出新作品，而且又方便繞來確認。

對我來說是最棒的店。

「拜託妳不要光明正大地暴露自己偷懶跑去其他地方閒晃的事實。」

「（果然沒有揍我……艾爾文大人萬歲！）」

就在我獨自竊喜時……

「我偶爾也會和同事或多米妮克小姐一起來這間店。」

「是這樣嗎？咦——也約我一起來啦！這樣簡直就像是在排擠我。」

安娜小姐和多米妮克姊的感情什麼時候變得這麼好！

我本來相當於多米妮克姊的妹妹，這樣我的立場不就非常危險了！

「因為老爺偶爾會拜託我來幫忙試吃。如果連這種時候都邀蕾亞一起來，妳一定會變得每天都往這間店跑吧。」

「嗚嗚……我無法否認。」

這間店不僅有賣重要的甜點，還非常值得多來幾次。

店裡的客人幾乎都是女性或未婚夫妻，再來就是夫妻吧？

考慮到這間店賣的商品，男性應該很難單獨造訪吧。

「歡迎光臨。蕾亞小姐，領主大人之前有來本店光顧喔。」

「老爺有來過？是和誰一起來？」

「好像是剛在領地內做完工程要回家，所以是一個人。」

「這樣啊……」

一個男人單獨在這個充滿女性和情侶的店裡吃甜點……

「艾爾文大人，老爺真是個男子漢！」

「某方面來說，確實值得讚賞。我絕對辦不到。」

而且老爺就算是獨自行動也很顯眼。

他白天得用魔法進行土木工程，所以是趁傍晚回家吃晚餐前稍微休息一下嗎？

「老爺平常是不是累積了許多壓力？」

「他平常有很多事要煩惱，這種時候還是裝作沒看見比較好。」

「說得也是。」

艾爾文大人和我們就沒有這個問題。

遙大人是個好妻子，我和安娜小姐將來也會變得和她一樣。

「我家主公平常都點什麼啊？」

艾爾文大人問店裡的人老爺平常都點什麼。

我確實也有點好奇。

「呃，是新出的高級刨冰，還有珍珠瑪黛焙茶。」

「高級？刨冰不就是把冰刨成碎片再淋果醬的甜點嗎？」

「艾爾文大人真清楚呢。」

「自從認識威爾以後，我偶爾會吃到。」

老爺不管是製冰還是刨冰，都能用魔法解決呢。

刨冰在王都算是相當昂貴的甜點，但對艾爾文大人來說似乎並非如此。

他向安娜小姐說明自己在做冒險者的工作時，就經常有機會吃到。

「雖然冰是用魔法道具將水結凍製成，但高級刨冰是將魔之森產的水果冷凍後再刨成碎片，上面還會加水果切片、蜂蜜和鮮奶油。」

「喔，真豪華呢。」

不是用普通的冰塊，而是用冷凍過的魔之森水果製成的刨冰。

老爺真的想了好多主意。

「最近也能從鮑麥斯特伯爵領地內的牧場買到牛奶和羊奶，將加了糖的奶冷凍後刨成碎片做成的配料，也相當受歡迎呢。甚至還有許多客人專程跑來布雷希柏格吃。」

「之所以有這麼多情侶和夫婦，是因為他們也順便來觀光啊。」

鮑爾柏格最近迅速發展，來這裡的觀光客也增加了。

搭魔導飛行船逛布雷希柏格和鮑爾柏格的知名景點，這樣的行程相當受王都的有錢新婚夫妻歡迎。

「藤林乾貨店賣的瑞穗風格高級刨冰也很受歡迎喔，他們是將冷凍抹茶刨成片狀，在上面放白湯圓、煉乳、紅豆和黃豆粉，味道一點都不輸這道水果刨冰。」

老爺似乎還會不經意地煽動各個店家互相競爭。

阿昌先生那邊就算少了坎蒂先生，經營狀況還是很好。

「每個人都點一份高級刨冰吧。話說珍珠是什麼啊？」

「我也是第一次聽說。瑞穗沒有這種食品呢。」

「我也沒聽過。」

「我也沒聽艾莉絲大人說過。」

包含我在內，大家都不知道「珍珠」這個食材。

這表示……

「是領主大人想出來的。這種食材目前正在鮑爾柏格掀起一陣風潮呢。」

「我有時候會搞不懂我們家主公到底是貴族還是商人……那就每個人都來一份吧。」

「謝謝惠顧。」

過不久，高級刨冰就先做好了。

「真的把冷凍水果刨成冰了。」

太奢侈了。

難怪叫做高級刨冰。

「我點的是冷凍香蕉加巧克力醬和鮮奶油的口味。」

「我的是冷凍荔枝加芒果和火龍果等水果切片的口味。」

「我的是冷凍草莓，加上以各種莓果和牛奶製成的煉乳口味。」

「我的是將甜甜的牛奶結凍，加上各種水果切片的口味。」

艾爾文大人、遙大人、安娜小姐和多米妮克姊的刨冰看起來都很好吃。

「我點的和多米妮克姊一樣，只是我的牛奶和水果都是增量版。」

巨大高級刨冰。

真是奢侈又享受。

「蕾亞，妳吃得下這麼多嗎？」

「是的，沒問題。」

「這麼說來，卡特琳娜好像有提過妳很會吃。」

因為對女孩子來說，甜點是裝在其他的胃啊。

「原來還可以增量啊……等等！居然是用水桶裝！」

鮑爾柏格的甜點老店「辣妹津根」也會用水桶裝聖代，所以這並不是什麼稀奇的事情。

「除了薇爾瑪以外，還有人會點這個嗎？」

「導師偶爾也會來點，他總是以驚人的氣勢快速吃完，然後飛回王都。」

我偶爾也會和導師錯身而過，他已經是會被店員記住長相的常客了。

雖然導師的長相原本看過一次就讓人很難忘記。

「他到底在搞什麼啊？」

導師的生活方式原本就讓人難以理解。

不過他一定是想吃「高級刨冰」。

「這是珍珠瑪黛焙茶。」

「所謂的『珍珠』就是加了牛奶的茶嗎？」

之所以稱作焙茶，是因為有將瑪黛茶葉烘焙過提升香味。

在遙大人的故鄉瑞穗，會將茶烘焙過再拿來喝。
我之前也有喝過，覺得非常好喝。
所以就算有人對瑪黛茶做一樣的事情也不奇怪……大概也是老爺想到的吧。
「艾爾文大人，容器底下有許多黑色的小顆粒。這個才是珍珠吧？」
「感覺好像某種生物的蛋……而且不知為何是黑色的……」
我是這間店的常客，但我也不知道什麼是珍珠。
真是太大意了。
「這是從昨天開始推出的新商品，非常受歡迎呢。」
那就沒辦法了。
我昨天忙著參加安娜小姐的婚禮，所以沒有來光顧。
「底部的這些黑色顆粒，是要怎麼吃啊？」
「艾爾先生，這根吸管特別粗，所以應該是要用這個吃吧。」
「原來如此。」
遙大人注意到這根粗吸管的使用方式。
鮑爾柏格的餐廳也開始使用吸管了。
發源自阿卡特神聖帝國的吸管相當昂貴，這種用木頭製作的吸管相對比較便宜。
鮑爾柏格目前正流行在一杯飲料裡插兩根吸管，讓情侶一起享用。

「這是……蒟蒻嗎？不對。吃起來很有嚼勁。」

「味道有一點甜。裡面有加砂糖吧？」

「艾爾文大人，應該是加了黑糖吧？」

「不過黑糖只是用來增添甜味和風味。這個黑色顆粒到底是用什麼做的？」

大家喝著珍珠瑪黛焙茶，一起推測黑色顆粒的真面目。

烘焙過的瑪黛茶香氣十足，牛奶的味道濃厚又有層次，帶有黑糖風味的黑色顆粒也是Q彈又好吃。

難怪會大受歡迎。

「這個珍珠的材料，是奧伊倫貝爾格騎士領地種植的特殊薯類。再加入鮑麥斯特伯爵領地南部最近增產的黑糖進行加工。聽說『珍珠』這個名字也是領主大人取的。雖然不知道他為什麼取這個名字，但製造方法也是領主大人想出來的。」

只要是跟食物有關的事情，老爺真的是不遺餘力。

居然還開發出從來沒人見過的食品。

雖然我不太懂為什麼要把這個命名為珍珠。

「奧伊倫貝爾格騎士領地……啊啊！是卡琪雅的哥哥和爸爸。這個的材料是薯類啊……」

老爺常像這樣突然想出新東西。

他一定是個天才。

「應該不是用馬洛薯做的吧？」

畢竟馬洛薯用蒸的比較好吃。

所以我能理解安娜小姐為何有此疑問。

「奧伊倫貝爾格騎士領地好像從以前就有種這種薯類，據說領主大人發現時還曾大喊『這個能用！』呢。」

「我家主公很擅長想這種鬼點子。他就算當商人也能成功吧。」

的確，昨天才開賣的珍珠瑪黛焙茶已經大受歡迎，每個女性客人都有點這道飲料。

所有女客人都對這個叫珍珠的黑色顆粒著迷不已。

為什麼身為男性的老爺，會如此了解女性的喜好呢？

「該不會是因為他之前有段期間變成了女性？」

「怎麼可能。」

多米妮克姊立刻駁回了我的說法。

「歡迎光臨。」

「喔，是艾爾文啊。恭喜你結婚！」

這間店的常客，導師突然來光顧了。

導師明明無法像老爺那樣使用「瞬間移動」，居然還能常來光顧……

某方面來說真是令人佩服。

「導師是特地從王都過來這裡嗎？」

「不，還不至於特地跑這麼遠！只有必須去布雷希柏格辦事時，才會順便飛過來！」

利庫大山脈明明棲息了許多飛龍和翼龍……不過那些龍對導師來說應該不算什麼吧。

「有新商品嗎？那我要來一桶。」

「導師？你用桶子裝飲料嗎？」

「這不成問題！原來如此！加了叫『珍珠』的黑色顆粒啊。那珍珠也要增量！」

「我知道了。」

店員似乎早就習慣這種點餐方式，立刻端了用水桶裝的珍珠瑪黛焙茶過來。

吸管當然也是又長又粗的特製版。

「增添了香味的瑪黛茶、濃郁的牛奶，以及充滿嚼勁，又甜又好吃的珍珠！」

雖然導師有在品嚐味道，但吃的速度還是很快。

他一轉眼就喝光了一桶珍珠瑪黛焙茶。

「謝謝招待！艾爾文他們的帳也交給在下付吧！再會了！」

導師以祝賀艾爾文大人結婚為理由替我們付完帳後，就走到店外用魔法飛走了。

「我都還來不及道謝……」

「簡直是來去如風呢。」

「他的身影已經小到看不見了。」

「下次見面，要記得向他道謝才行。」

比起讓導師請客這件事，他的神出鬼沒更讓我們驚訝不已。

吃完甜點後，我們一起在鮑爾柏格觀光和享用晚餐，安娜小姐之後要和艾爾文大人入住鮑爾柏格新蓋的豪華飯店，我們在那裡跟他們道別後就回到了官邸。

安娜小姐也結婚啦。

希望我這個少女也能早點成年，和艾爾文大人正式舉辦婚禮。

畢竟只要是女孩子，都會嚮往結婚禮服。

「比起這個，蕾亞最近是不是有點變胖了？」

「多米妮克姊，我還以為妳想說什麼，我這叫做有所成長。」

沒錯，我是還在發育的少女。

所以必須多吃一點，快點培養出好身材，讓艾爾文大人開心才行。

「遙大人，我應該是成長了吧？」

保險起見，我試著向今天讓安娜小姐與艾爾文大人獨處，和我們一起同行的遙大人確認。

因為發育期必須多吃一點，我才會經常在鮑爾柏格探索各式各樣的餐廳。

「這麼說來……身材確實是變寬了一點……」

「遙大人，我應該是還在成長吧。等我的胸部變大後，就不會覺得是身材變寬……咦？」

我摸自己的胸部確認了一下，但一點都沒變大……

而且肚子還能捏出多餘的肉……

「所以我不是跟妳說了。蕾亞，妳太常四處買東西吃了。必須多跟遙大人學習。」

「這麼說來……多米妮克姊生完小孩後明明還沒完全恢復以前的身材，但遙大人已經變得跟以前一樣了！」

「妳說誰還沒完全恢復啊！」

「好痛——」

多米妮克姊，就算妳用拳頭打我，這依然是事實！

我的眼光絕對不會出錯。

「我的事情不重要。重點是連孩子都還沒生過的蕾亞居然變胖了吧。」

「嗚嗚……我之後會節制……」

如果是胸部變大倒還好，但肚子的肥肉就不太妙。

然而，人類這種生物想變瘦遠比變胖困難。

我後來花了比變胖還要長一倍的時間，才恢復原本的體重。

各位，買零食吃真的要適可而止。

八男？別鬧了！

Silent
II
Witch
沉默魔女的祕密
Secrets of the Silent Witch
依空まつり
Illustration 藤実なんな
Kadokawa Fantastic Novels

菜鳥鍊金術師開店營業中 1~2 待續

Kadokawa Fantastic Novels

作者：いつきみずほ　插畫：ふーみ

誰先搶得冰涼商機，就能稱霸整個夏天！
菜鳥鍊金術師即將捲入一場商業大戰！

夏天將至，珊樂莎決定開發可以吸引村民購買的新商品——冷卻帽子，不過對村民來說定價卻太貴了！珊樂莎為了減少成本，實施帽子寄賣制度，結果大受好評！可是，某天卻有一名商人前來妨礙珊樂莎收購「冰牙蝙蝠的牙齒」……？

各 **NT$250/HK$83**

續・魔法科高中的劣等生

魔法人聯社 1~4 待續

Kadokawa Fantastic Novels

作者：佐島 勤　插畫：石田可奈

FAIR副領袖蘿拉前往沙斯塔山尋求聖遺物
她憑藉魔女的異能竟挖出意想不到的武器！

為了實現「以能夠使用魔法的優等種掌權統治」的理想社會，FAIR的第二號人物──蘿拉・西蒙來到加利福尼亞州的沙斯塔山，做出某種詭異的舉動尋找聖遺物。另外真由美等人前往USNA與FEHR的蕾娜商討合作，卻被有心人士盯上……

各 **NT$200~220/HK$67~73**

七魔劍支配天下 1~5 待續

Kadokawa Fantastic Novels

作者：宇野朴人　插畫：ミユキルリア

最強魔法與劍術的戰鬥幻想故事第五集登場！
2020年《這本輕小說真厲害》文庫本部門第一名！

奧利佛和奈奈緒追著被帶進迷宮的皮特來到恩里科的研究所。他們在那裡目睹可怕的魔道深淵，並隱約窺見了魔法師和「異端」漫長的抗爭。另一方面，奧利佛與同志們選定恩里科為下一個復仇對象，他的第二次復仇究竟將迎來什麼樣的結局——

各 **NT$200~290/HK$67~97**

狼與辛香料 1~23 待續

Kadokawa Fantastic Novels

作者：支倉凍砂　插畫：文倉 十

賢狼與前旅行商人幸福生活的第六集開幕！
羅倫斯獲贈貴族權狀的土地竟暗藏內情!?

拯救為債所苦的薩羅尼亞，寫下一段足堪載入史冊受人傳頌的佳話後，賢狼赫蘿與前旅行商人羅倫斯接受了村民的餽贈——一張人見人羨的貴族權狀。到了權狀所屬的土地實地勘查，發現那竟然是一塊曾有大蛇傳說，暗藏內情的土地？

各 NT$180~250/HK$50~83

不時輕聲地以俄語遮羞的鄰座艾莉同學 1~3 待續

Kadokawa Fantastic Novels

作者：燦燦SUN　插畫：ももこ

政近與艾莉進展到在家約會!?
和俄羅斯美少女的青春戀愛喜劇第三彈登場！

期末考即將來臨，政近將努力念書當成第一要務，然而昔日和周防家那段無法抹滅的過節以意外的形式出現，政近因而病倒──「有希同學拜託我來的。她要我照顧你。」「……」【騙你的。】（嗚咕呼！）艾莉竟無預警來到政近家要看護他！

各 **NT$200~260/HK$67~87**

我當備胎女友也沒關係。 1 待續

Kadokawa Fantastic Novels

作者：西 条陽　插畫：Re岳

儘管懷裡抱著妳，心裡想的人卻是她……
100%不健全、不純潔又危險的戀愛泥沼

我跟早坂同學都有最喜歡的人，卻都選擇了第二順位的對象交往。即使如此，一旦能跟最喜歡的人兩情相悅，這份關係也會宣告結束。明明是這麼約好的——當我們都接近最喜歡的人時，彼此卻愈陷愈深無法自拔，變得怎麼也離不開對方……

NT$270/HK$90

國家圖書館出版品預行編目資料

八男?別鬧了!/Y.A作；李文軒譯. -- 初版. -- 臺北市：臺灣角川股份有限公司, 2023.01-
冊； 公分. -- (Kadokawa fantastic novels)
譯自：八男って、それはないでしょう!
ISBN 978-626-352-163-6(第18冊：平裝)

861.57 111018408

Kadokawa
Fantastic
Novels

八男？別鬧了！ 18

（原著名：八男って、それはないでしょう！18）

2023年1月4日 初版第1刷發行

作者：Y・A
插畫：藤ちょこ
譯者：李文軒
發行人：岩崎剛人
總編輯：蔡佩芬
編輯：黎夢萍
美術設計：黃永漢
印務：李明修（主任）、張加恩（主任）、張凱棋

發行所：台灣角川股份有限公司
地址：104台北市中山區松江路223號3樓
電話：（02）2515-3000
傳真：（02）2515-0033
網址：www.kadokawa.com.tw
劃撥帳戶：台灣角川股份有限公司
劃撥帳號：19487412
法律顧問：有澤法律事務所
製版：巨茂科技印刷有限公司
ISBN：978-626-352-163-6